De la même auteure :

Cœur, corps et raison : les ingrédients des cuisiniers, Besançon, Questions de goût, 2017.

« Mareado », nouvelle, *Lettres comtoises* n° 12, Besançon, ALAC, 2018.

« Dommage collatéral », nouvelle, *Lettres comtoises* n° 14, Besançon, ALAC, 2020.

« Notes de goûts – Choses qui ne se discutent pas », nouvelle, *Lettres comtoises* n° 16, Besançon, ALAC, 2022.

Couverture : Photo collection privée.
Graphisme Philippe Dias, lezartgraph@free.fr

Évelyne Genevois

Mon père était là

© 2022, Évelyne Genevois

Édition : BoD – Books on Demand
12/14 rond-point des Champs-Élysées, 75008 Paris
Impression : BoD –Books on Demand, Norderstedt, Allemagne

ISBN : 978-2-3223-7546-2

Dépôt légal : mars 2022

À

Dibeth, ma sœur
Marie-Claude C-B., inséparable de mon enfance

> « *l'imperceptible force qui nous*
> *meut et qui nous définit* »
> Françoise HÉRITIER, *Le sel de la vie*,
> Éditions Odile Jacob, 2012

Chapitre 1

J'AVAIS SUR LE VÉLO DE MON PÈRE un nid qui m'enlevait toute envie de grandir, entre la selle pour enfant fixée au cadre, ses bras tendus vers le guidon et son torse incliné. Sa canadienne au cuir brun épais, griffé, patiné avait l'odeur de l'aventure et la douceur de la sécurité.

Un pied à terre, il m'élevait d'un geste à sa hauteur, au niveau des barrières blanches séparant nos maisons du trottoir. Nous filions. De rue en rue sans regarder ce que nous connaissions par cœur.

Notre cité construite à côté de l'usine de produits chimiques où travaillaient les hommes, ouvriers, petits, moyens, grands chefs et ingénieurs, était faite de maisons qui nous racontaient, petit travail petite maison, grand travail grande maison, moyen, moyenne. Même chose pour les jardins grandissant avec les maisons et les palissades qui les bordaient, de plus en plus hautes puis surmontées de grilles. Grandes ou petites, toutes les maisons étaient habitées par deux, quelquefois quatre familles. Les trottoirs étaient plantés d'arbres, tous différents, les groupes de maisons séparés par des pelouses où poussaient parfois un ou deux sapins, deux ou trois platanes.

Nous filions. Les rues se faisaient plus larges. Entre notre quartier d'ouvriers et ceux des chefs, trois bâtiments majestueux : l'église, l'école, le dispensaire construits par un architecte renommé s'élevaient face à de très grandes pelouses, ornées de massifs fleuris, d'arbres en bouquets, de buissons bien taillés par les jardiniers de l'usine, qui entretenaient aussi les jardins des ingénieurs.

Nos petites maisons décalées les unes des autres pour nous protéger du regard des voisins d'à côté avaient des volets rouges ou bleus, un petit jardin d'agrément, une petite cour, un petit potager, quelques marches de pierre devant et derrière, pour accéder au rez-de-chaussée surélevé où nous vivions de jour. Les chambres étaient à l'étage.

J'aimais les acacias de notre rue et leur senteur qui montait à la tête avant l'été. Presque à l'entrée de la cour, un grand cerisier dont les branches débordaient sur la rue, un pêcher qui semblait ne jamais grandir, aux fruits amers et au feuillage caressant. Au-dessus de chaque escalier extérieur, une tonnelle de vigne aux raisins blancs pour l'une et rouges pour l'autre qu'aimaient les oiseaux, sous lesquelles nous passions des heures à l'ombre en été, quelques fleurs le long du potager, un sol gravillonné.

Je ne savais pas encore que nous habitions une cité-jardin à l'anglaise, conçue pour que l'on y respire et que les points de vue ne soient pas monotones.

Nous filions. Dans nos quartiers les enfants jouaient dehors, sur le trottoir, sur les places. Les enfants des chefs jouaient dans leurs cours aux portails fermés. Leurs rues, malgré les massifs fleuris, les buissons bien taillés, les arbres bien ordonnés, étaient mornes, vides sauf le dimanche aux heures d'entrée et de sortie de la messe. Dans nos quartiers les femmes se croisaient en faisant les courses, s'arrêtaient pour discuter, les bruits couraient comme l'éclair.

Nous avions en commun notre dépendance à l'usine qui employait une majorité d'hommes, et une poignée d'infirmières et secrétaires. Nous avions en commun de respirer innocemment les odeurs des rejets chimiques de l'usine dans lesquels baignait notre cité verte, fleurie, soignée.

Au bout des rues des ingénieurs (on avait le choix entre trois rues parallèles, de même taille) avant de voir les champs il ne restait qu'à passer entre quelques hangars aveugles qui résonnaient de bruits d'engins et le garage dont le patron en cotte bleue noircie de cambouis n'était pas salarié de l'usine alors que le curé l'était. La femme du garagiste servait l'essence à la pompe aux rares autos dont celle du curé. Le garage était enveloppé d'effluves de vapeurs d'essence et de graisse de cambouis qui râpaient la gorge. Entre le garage et les champs une étroite ligne de chemin de fer faisait frontière de la gare de marchandises proche aux ateliers grouillants dans les entrailles de l'usine, et nous devions parfois stopper devant des wagons au staccato métallique toujours en instance de rupture, témoins de la partie cachée des vies de nos pères. L'usine tremblait, ferraillait, grondait, ses odeurs et ses fracas nous cueillaient au matin, accompagnaient nos jours et nos nuits, sans répit ni interruption, ordinaires.

Blang, blang, passé les rails nous entrions dans un autre monde. J'étais au balcon, adossée au cuir brun épais de la canadienne. Les pneus zinzonaient sur le goudron, à gauche, à droite, c'étaient les champs. J'écoutais, tête renversée, bouche ouverte, des sons jaillir de ma gorge en passant les bosses, les gravillons, les nids de poule. Ça bruissait, palpitait tout autour, les feuilles avec le vent, les insectes en zigzags, les papillons sans réfléchir, froissements invisibles au cœur des branches, courses furtives sous les buissons. Aux aguets et cœur chaviré dans mon nid j'écoutais chantonner le monde.

Mon père et moi ne faisions qu'un, dos rond si le vent poussait, joues rougies s'il arrivait en face. Silencieux, lui regardant la route, moi collée à ses mouvements, sûre qu'on allait s'envoler. Les planeurs de l'aéroclub glissaient si bas au-dessus de nous, j'en frissonnais, morte de jalousie quand j'arrivais à deviner derrière la vitre du cockpit le profil casqué de cuir du pilote.

Mon corps a gardé en mémoire cette sensation d'être immobile entre deux panoramiques géants qui défilaient dans une succession de nuances colorées croquées sur le vif, floutées dans les descentes et les montées. Buissons dégradés du sapin à l'anis en grappes sur aplat de blés jaunes, meules de paille entassées en trois coups de pinceau, sommités noires coiffant des longs roseaux ployants, éclat blanc-bleu vite et bien marqué d'un étang ourlé de points et de cercles vert sombre, jus transparent d'un ruisseau vif comme un rêve, taches ventrues marron et blanches piquées de cornes brunes, les vaches en troupeau annonçaient toujours un village. Au fond l'horizon, ciel et terre indistincts à cache-cache avec un rideau de traits verticaux bruns et noirs décoiffés de pointillés verts en cascade, un tournant, une colline ronde comme une glace en cornet puis repoussée au bout de la route rectiligne qui divisait la plaine. Nous roulions dans l'histoire à suivre d'un livre d'images sans paroles.

À ras de terre tous les verts soyeux et bruissants où dansaient des points d'arc-en-ciel, herbes bonnes et mauvaises, graminées, fleurs des champs, bourdons vrombissants aussi gros que mon pouce, guêpes dont j'avais la phobie après quelques douloureuses rencontres.

Parfois une voiture sans prévenir pfuitt !... nous doublait, vite passée vite enfuie. Quand il entendait un camion mon père s'arrêtait sur le bas-côté, tant pis pour les quelques fleurs écrasées. Il se faisait grand, je me faisais petite, l'horizon happait le camion... Je laissais aller ma tête contre le cuir brun épais, griffé, patiné, si doux, si tiède de la canadienne. Je ne pouvais imaginer mon Chevalier Bayard sans cette armure de cuir dont j'aurais pu jurer qu'il s'habillait en toutes saisons.

En automne, quand nous revenions à la nuit, guidés par le pinceau de lumière du phare de la bicyclette, attentifs au froufrou de la dynamo sur le pneu, je m'abandonnais en toute quiétude aux délices de la peur du noir.

Peu m'importait où nous étions allés, d'où nous revenions. Ce plaisir de rouler, me rouler dans un paysage m'a jusqu'à ce jour sauvée de bien des tristesses et fait accepter des deuils ravageurs. Remise en selle ? Entre ces bras sont nés mes amours toujours vifs de la nonchalance vagabonde sur deux roues qui lave de tous les chagrins, le désir irrésistible de m'arracher au sol et la contemplation admirative de ceux qui réalisent ce rêve, en avion, en aile delta, en montgolfière.

Mon père et sa canadienne étaient faits l'un pour l'autre. J'avais besoin de l'un et l'autre. Je la frôlais au porte-manteau de l'entrée pour glisser ma main sur le cuir épais, vivant comme la joue de mon père si douce sous sa barbe crissante du soir. Dieu que j'aimais cette canadienne, assez pour me retourner encore aujourd'hui sur le moindre des hommes revêtu de cuir. Les vêtements disent tant de ceux qui les portent.

Cette canadienne je l'avais repérée sur une de ses photos en tenue militaire, parmi d'autres entassées dans la boîte à photos à laquelle j'avais droit pour me distraire quand une petite maladie me permettait de rester au lit. Sur le couvercle de la boîte métallique en forme de livre, sur son cheval cabré caparaçonné à ses couleurs, le « Chevalier Bayard, sans peur et sans reproche ».

Chapitre 2

Sur ces photos, tu es joyeux comme un enfant qui s'amuse à se déguiser. Tu portes divers uniformes, des manteaux, différents couvre-chefs, casquettes, casque d'aviateur. Des accessoires, comme cette paire de jumelles que tu brandis comme un chef. Tu prends la pose, tu fais l'andouille, tu ris, passes d'un air martial à celui du trouffion lambda. Certains des garçons avec lesquels tu poses semblent de bons copains. Sur les photos de groupe tu es le plus beau, toujours.

Tu les envoies à ta sœur Jeanne, sachant sans te l'avouer qu'en bonne pipelette elle en fera profiter les voisins, dont pourquoi pas Alice qui trotte de plus en plus dans ta tête. Tu scrutes les petits rectangles de papier brillant au pourtour blanc dentelé comme si ton avenir y était inscrit. Ce lendemain si proche ne sera pas à l'armée : les jeux avec les uniformes sont pour toi les seuls attraits de la vie militaire.

De ces vêtements la canadienne de cuir est ton préféré. Tu te vois très bien la porter dans la vie civile. Solide, chaude, flatteuse, elle est de la ville comme de la campagne. Elle ne renie pas le paysan, mais un paysan qui a vu du pays. Tu l'ajoutes à la liste de vêtements que portera l'homme neuf que tu entends devenir dans ta vie future.

Si tu ignores de quoi cette vie sera faite, tu sais de quoi elle se défera. Plus de terre, de glaise, de galoches. Plus de tête baissée face à celui qui te commande. L'armée t'a appris que l'on est plus fort à plusieurs. Le groupe prend la parole pour celui qui n'a pas les mots. Tes rêves sont flous, ta certitude est ferme. Rempli de questions, sans vrai métier, hésitant sur une direction à prendre, convaincu qu'il existe d'autres vies possibles, prêt à faire des erreurs et des choix, ton moteur est dans ta volonté de ne pas revenir à la terre.

Dans ce devenir s'inscrit en filigrane un petit visage triangulaire entrevu un matin, dont tu ne prononces pas le nom. Alice est de dix ans ta cadette, une enfant dont tu te surprends à revivre minute par minute la rencontre, un matin, chez ta sœur Jeanne. Le soleil se lève, le coq chante, tu plonges le nez dans le traversin pour un petit supplément de roupillon sur ce confortable matelas que tu as vu naître des mains de femmes du village, depuis l'étirage de la laine brute fraîchement lavée jusqu'à l'empilage régulier des espèces de briques sortant de la cardeuse, que tu aides à disposer entre deux rectangles de toile rayée. Puis le bourrelet qui donne sa forme au matelas est cousu serré tout autour et l'ensemble fixé par des boutons recouverts de toile, avec des aiguilles courbées le traversant de part en part. Le cadeau de mariage de Jeanne, cadette de tes deux sœurs aînées, est prêt.

Tu te prélasses dans ces draps rêches et pourtant doux séchés à l'air et au soleil. Brun et blanc, noir du soleil des champs comme les statues de bois de l'église, blanc de celui des angelots à l'ombre du chœur, tu t'amuses à jouer sur le bis des draps en ravalant tes larmes au souvenir du linge empilé dans l'armoire de ta mère. La lumière pousse les volets, la journée sera belle.

Le dimanche tu aimes traîner sur ton radeau de laine, repousser le moment de poser tes pieds nus sur le carrelage encore frais de ce début mai, ne rien savoir de l'heure, laisser monter en toi ce presque-rien qui fait les bons réveils.

Cette nuit Jeanne et son mari t'ont laissé leur chambre et prévu de dormir dans l'alcôve de la cuisine où tu dors d'habitude. Ta sœur ne te sortira pas du lit, chez elle il n'y a pas d'horaires, pas d'obligations, elle se fout du tiers comme du quart. Pour boire ton café-chicorée du matin tu devras comme souvent laver un bol tiré de la vaisselle entassée dans l'évier.

Tu t'étires, soupires d'aise. Tes habits sont en vrac, en boule, en tire-bouchon sur la chaise entre le pied du lit et le mur, tes galoches balancées au loin. Tu n'as qu'une vague idée du moment où tu t'es jeté au lit pour dormir comme un plomb. Une seule chose est sûre, tu es chez Jeanne et pas chez Marie. Jeanne et Marie, tes deux sœurs aînées, deux mêmes regards de braise, aux mêmes longs cils noirs recourbés qui font de l'ombre sur la joue.

Jeanne et Marie, de l'eau et du vin. L'une qui ne pense à rien mais le cœur sur la main. L'autre qui pense à tout et se plaint beaucoup. Chez elle c'est debout dès potron-minet et tout de suite à l'ouvrage. Avec son mari Louis, ils ont un « train de culture » conséquent, quelques vaches, un cheval, une basse-cour, des projets. Jeanne vit au jour le jour avec pour seul projet d'avoir des enfants. Son mari loue ses bras chez les gros fermiers, elle tricote ce qui lui passe par la tête : une écharpe, un pull, un gilet ? « Je le saurai quand ce sera fini. »

Tu ne dors jamais chez ton père, dans la petite maison où tu es né, à l'autre bout du village, près de chez Marie. Tu crains d'y rencontrer l'ombre de ta mère morte il y a cinq ans, tu la vois pousser la porte, ranger le linge, repousser du petit doigt de la main droite la mèche rebelle sous son foulard.

À côté dans la cuisine pantoufles, cuillères, bols, timbre sucré de Jeanne, plus pierreux de son bonhomme de mari, la journée débute à voix basse. Tu t'ébroues, pieds nus sur un carrelage pas si froid, attrapes au vol ton caleçon pour aller les rejoindre et restes un pied en l'air : bruit de chaises repoussées, porte qu'on ouvre, qu'on claque, conversation qui s'éloigne puis se perd. Ils sont partis, tu peux prendre ton temps pour boire à petites lampées le café-chicorée fade mais prêt qui bouillotte sur la cuisinière.

Mon père était là

Et puis tu ne vois qu'elle. Au centre de la table, posée contre un bol, trônant en évidence au milieu de la table : la photo, faite la semaine dernière avec ton groupe de conscrits puisque tu dois bientôt partir au service militaire, bien plus loin que tu n'es jamais allé. De photo tu n'en as jamais vu, et tu trouves que les riches avec leurs portraits peints entrevus par les fenêtres des maisons de maîtres font bien des simagrées. Les robes de leurs femmes sont moins usées que celles de tes sœurs, leurs visages moins fatigués. Pourtant clouées au mur, endimanchées raides comme des bouts de bois elles sont laides et méconnaissables. Se faire tirer le portrait, à d'autres ! Marie t'a tant tanné que tu as dit oui pour avoir la paix et t'es laissé faire beau. La veste et la chemise de mariage de Louis, le pantalon trop court d'un conscrit de l'an dernier, les chaussures de ton père cirées sous les ordres de Marie. La casquette, c'est toi, au dernier moment, histoire d'avoir le dernier mot.

Tu te revois intimidé par le photographe caché sous son tissu noir. Lèvres fermées, tu redresses les épaules, cherches à savoir si tes joues sont lisses, si difficiles à raser dans la glace trop petite et piquée suspendue à la poignée de la fenêtre. Tu respires fort pour sentir la goutte de parfum au muguet déposée par Marie sur ton poignet. Et en avant la photo, musique, banquet, bal, un bon début de ce qui t'attend.

Mon père était là

Le bal est ton plaisir, ton ivresse, ton évasion. Tu danses dès que tu peux le dimanche. Une main légère dans le dos de ta cavalière, l'autre tenant sa main, léger, léger, toujours léger, la reconduire à sa place, la faire mijoter, l'inviter à nouveau, ou pas. Une fille t'apostrophe : « tu me fais danser, z'yeux bleus ? » Tu n'oses pas refuser, les filles en redemandent, brun aux yeux bleus, tu n'as pris l'avantage à personne.

C'est en rentrant du bal au petit matin que tu as aperçu pour la première fois la photo déposée par un autre conscrit. Tu lui as jeté un coup d'œil rapide à la lueur de la lune, pas certain d'être ce garçon qui te plaisait bien. Tu ne te sais pas beau, ce ne peut donc être toi. C'est toi, c'est toi, tu laisses en plan la photo qui te brûle les doigts. Dans ta chambre tu as envoyé valser tes habits en dansant, si heureux d'être toi, heureux de dormir avec toi, tu as dormi comme un roi serré dans tes propres bras. Ce matin tu ne sais plus si le rêve est vrai ou si c'est un vrai rêve.

À présent que tu n'as plus sommeil, assis à table, ton bol dans la main droite, la photo bien calée dans la main gauche, tu bois des yeux, de la bouche, par les pores de ta peau. Tes beaux habits, ta chemise repassée, tes joues rendues encore plus lisses par le papier photo, tes yeux clairs. La prochaine fois, tu montreras tes cheveux. La photo dit de toi ce que tu penses être toi, tu te regardes, tu te reconnais. C'est bien toi, il faut juste ajouter la parole. Pas fait plus beau par les habits mais fait tenir bien droit et mieux danser avec les chaussures et te voir dans les yeux des filles.

À croire que pieds nus dans tes galoches et pantalon retenu plus haut que la taille par une ficelle de lieuse qu'il fallait sans arrêt renouer, portant les vestes et les chemises rapiécées du maître, lavant ton corps et tes vêtements à la pompe, dans la cour, dès les beaux jours jusqu'à l'automne avec en hiver la crasse pour doublure, ce n'était pas tout à fait toi ?

Ta gorge n'est plus qu'un nœud, gros du dernier baiser de ta mère et des mots qu'elle avait murmurés en desserrant les bras « Mon garçon, mon garçon ». Tu comprends qu'en te lançant sur le chemin c'est vers ta chance qu'elle voulait te lancer.

Adieu galoches, ceintures de ficelle, vestes trouées. Tu te fais la promesse de faire des économies, acheter un miroir, ce qu'il faut pour te raser, deux pantalons, une ceinture, deux chemises, deux vestes à garder bien propres. Bleu et brun, les couleurs de ta chance. Une paire de chaussures de cuir, assez solides pour durer, des brosses, du cirage. Pour les beaux jours des chaussures de toile blanche et ce qu'il faut pour les nettoyer. Plus question de dormir dans la paille, il te faut une chaise pour poser tes habits, ta veste sur le dossier, le pantalon dans ses plis sur l'assise et de quoi laver ta chemise avant de te coucher, et de quoi la suspendre pour qu'elle sèche dans la nuit.

Absorbé par la photo tu ne vois pas, n'entends pas Alice, la jeune voisine au visage de petite moujik ouvrir la porte, s'asseoir en face de toi. Au moment où tu lèves les yeux son visage et son corps si mince par un effet d'optique se glissent dans la photo entre ton épaule droite et le tambourinaire. Tu souris, elle sourit, une belle journée s'annonce.

Chapitre 3

J'AVAIS 10 ANS, L'ÂGE D'ALICE se glissant dans la photo, quand mon père a cessé de couper mes cheveux. Je ne sais plus si cette séance mensuelle avait lieu à jour fixe. Mon père montait sur la table mon petit fauteuil en lames de bois clouées, un bois très léger, peut-être du châtaignier. Puis il me faisait voltiger jusqu'au fauteuil d'où je plongeais sur le dessus de la table recouvert d'une toile cirée à petits carreaux divisés en deux triangles beige et brun. Je devais me tenir bien droite, sans bouger, tandis que mon père debout derrière moi alignait ses outils avec des gestes de chirurgien : un peigne à dents très fines, pour ne pas casser mes cheveux fragiles, des vrais ciseaux de coiffeur, une tondeuse pour donner la touche finale d'une nuque rasée que mon coiffeur improvisé estimait être la signature d'une coupe digne de ce nom. La tondeuse, après nettoyage avec une brosse spéciale et soufflage à la bouche pour en chasser d'éventuels derniers résidus de cheveux, serait aussitôt rangée dans sa boîte rectangulaire de carton rouge imprimée en lettres noires. Le cliquetis de la tondeuse mécanique annonçait le final de la cérémonie auquel ne manquaient plus que quelques allers-retours rapides au blaireau chatouilleur et fin du fin le souffle chaud et fort de mon coiffeur personnel pour en chasser les minuscules débris de cheveux adhérant encore à ma nuque qui devait être nette comme un champ fraîchement moissonné et, je le constatais en y passant ma main, piquante comme un hérisson. Une frange horizontale barrait mon front à mi-hauteur. De chaque côté un rideau de cheveux lisses, raides, carrés, au cordeau, symétriques, arrêté au niveau de mes pommettes saillantes héritage du côté maternel.

La forme de ma coupe n'avait pas été débattue. Il se trouvait qu'elle était bien adaptée à celle de mon visage et que je l'avais adoptée sans réserve. C'était la mienne. Plus tard j'aurais l'occasion de douter du niveau d'inventivité de mon père dans cet exercice quand adolescente je le verrais faire la même coupe à une petite cousine abandonnée par sa mère, ma marraine. Il a eu pour cette petite boule blonde crasseuse les gestes tendres et précis qu'il m'avait réservés, réussissant à faire de ce petit animal craintif une fillette à bonne bouille. Gorge serrée j'ai retrouvé sa faculté de faire d'un geste simple une offrande consolatrice.

L'initiative était venue d'une commande de ma mère pour que change ce qu'elle ne voulait plus voir. Elle n'aimait pas mes cheveux, raides, fins, indociles, des « baguettes de tambour » qui ne retenaient aucun nœud et laissaient glisser les chapeaux. Cette particularité me vaudra d'aller tête nue à la messe, et d'éviter les chapeaux ridicules dont on affublait les filles le dimanche.

Sans commentaires mon père me faisait belle, s'assurant au quart de millimètre de la symétrie des côtés, m'accordant le temps et la méticulosité qu'il jugeait nécessaires pour faire du beau travail dont nous serions fiers.

C'était un temps de filles à cheveux longs, lâchés, nattés, en queue de cheval, masse retenue par des barrettes, lissée sur les tempes. Ma mère, déçue par mes cheveux trop lisses, s'était depuis ma petite enfance lamentée à voix haute sur cette disgrâce et sur le grève-budget qu'auraient été des séances chez le coiffeur. J'assumais avec philosophie ce qui me semblait impossible à changer. Mon père prêt à tout pour plaire à Alice avait décidé de relever le défi. Il avait observé au cours de ses propres séances chez le coiffeur, côté hommes, comment il fallait dégager, puis couper à ras et pour finir passer la tondeuse pour savoir faire une nuque. L'avant était plus compliqué : des brosses, des cheveux en arrière, des fronts biaisés d'une mèche, des cheveux frisés, des oreilles toujours dégagées.

Alors pour la bonne cause, il avait regardé les femmes, puis les photos de la sienne, plus jeune, coiffée d'un petit casque de cheveux plaqués sur son crâne séparés par une raie de côté. Coiffure de femme, un peu impertinente, un peu guerrière. Il voulait préserver chez sa fille un reste d'enfance. Les franges s'arrêtaient à ras des sourcils dans les coiffures féminines à cheveux lisses. L'arrière du crâne, bombé, se terminait par une pointe effilée qui mourait sur la nuque. Les côtés, lisses, à peine incurvés vers l'intérieur, frôlaient le bas des oreilles pour encadrer les joues jusqu'à mi-hauteur du visage.

Il a observé, réfléchi, tracé dans l'air les gestes du coiffeur, imaginé comment glisser les doigts de la main droite dans les ciseaux, la gauche soulevant tous les cheveux d'un côté, comme une pièce de tissu dans laquelle il fallait tailler sans trembler. Et puis il s'est lancé, achetant les instruments et improvisant un salon à domicile. Le siège de sa fille monté sur la table serait un poste de travail adéquat. Sa femme avait des doutes, moi je ne doutais de rien, les queues raides qui balayaient ma nuque ne me dérangeaient pas. La coiffure n'était pas dans mes préoccupations, je me suis sentie très bien dans mon fauteuil juché sur la table à voir les choses à la hauteur des grands comme eux les voyaient, retrouvant ma vision d'enfant en retrouvant le sol.

Pendant la coupe ma mère qui ne s'intéressait qu'au résultat se tenait loin du théâtre des opérations. Elle avait demandé qu'on élimine, dissimule, fasse disparaître les baguettes de tambour. Aboutissant à l'inverse, la coupe en le mettant en relief faisait de ce défaut une caractéristique dont je me suis emparée.

Les voisines aux filles bouclées ou aux cheveux souples et ma sœur qui avait de magnifiques anglaises m'ayant trouvée « bien mignonne », ma mère avait capitulé : les cheveux ne partaient pas dans tous les sens, c'était déjà pas mal, on arrivait à sa définition du « propre ». Mon père avait eu le feu vert et s'était vu introniser coiffeur à raison d'une fois par mois. Perchée sur la table et bien droite dans mon fauteuil, je le devinerais derrière moi alignant ses outils puis exécuter une gestuelle valant celle du prêtre à l'autel, en silence pour rester concentré. Le clic-clac mordant des ciseaux, quelques indications techniques à voix basse « penche la tête en avant », « ferme les yeux » ponctuaient le déroulement de la séance.

Pour finir, ses yeux dans les miens qui brillaient de la satisfaction du travail accompli et les chatouillis du blaireau dans la nuque avant qu'il ôte de mes épaules la serviette de toilette où gisaient les mèches mortes tombées auxquelles je n'accordais pas un regard. En conclusion l'envol depuis la chaise jusqu'au sol, je me croyais parachutiste, retenue et guidée par les mains de mon père, atterrissant pieds joints sur le lino avec une sensation de légèreté inversement proportionnelle au poids de matière enlevée.

Cette coiffure bricolée est restée la mienne. Elle m'a collé à la peau, j'y suis revenue après chaque infidélité, permanente, coupe très courte, cheveux très longs. Contraire aux canons esthétiques définis pour mon type de visage et de silhouette, elle ne paraît pas empruntée ou copiée. Créée sur le vif et sur un coin de table, elle est l'expression vivante de la solution d'un problème familial.

À ceux qui s'étonnaient de ses talents aux ciseaux, mon père opposait un sourire énigmatique.

Chapitre 4

TU GARDES COMME UN PRESQUE-SECRET la vérité sur ton habileté manuelle à ne pas confondre avec le bricolage que tu pratiques a minima en cas de catastrophe prévisible. Tu es et veux rester celui qui ne sait pas planter un clou et qui ne le cache pas.

C'est un talent bien inutile pour vivre dans ta petite chambre louée dans la pension ouverte par une Italienne fraîchement immigrée en famille. Ton travail de force dans une usine de produits chimiques tout juste sortie de terre ou plutôt des marais sur lesquels a été récupéré le terrain de sa construction absorbe toute ton énergie.

Toute la journée les mains dans la soude, la tête remplie à trouver tes marques dans un univers si nouveau pour toi, farcie par les accents venus de tant de langues, tant d'histoires venues de pays dont tu ignorais l'existence. Il te faut aussi apprendre les horaires fixes, les humeurs d'une équipe, travailler, parler, écouter dans le vacarme des machines, des wagons à charger de sacs de soude caustique, ou les remplir, les coudre solidement, apprendre les nouveaux dangers, éviter l'accident, tenter de saisir des mots bredouillés en français approximatif, en décrypter le sens, te sentir tout aussi étranger tout en sachant que tu es d'ici, que tu as une famille certes disloquée mais en territoire proche. C'est ta richesse de pauvre, les difficultés de ton premier jour à l'usine et la douleur de ne rien comprendre à rien te semblent dérisoires face à la réalité vécue par tes compagnons venus d'Italie, Russie, Tchécoslovaquie. Vous avez en commun des montagnes à gravir, pour toi passer des champs à l'usine est une aventure et un voyage, avec entre eux et toi une différence de taille, celle de la langue. Le besoin de tes compagnons de comprendre et se faire comprendre décuple leur énergie. Tu es parfois agneau chez les lions, parfois étranger aux étrangers. Quand tu es perdu tu te tais, toujours moins perdu qu'eux.

Tous ensemble vous apprenez à faire équipe, souffrir en cadence, tenir, manger à la pause casse-croûte et vous découvrir à travers vos tartines et le contenu de vos musettes. Tu apprends à t'ouvrir, à écouter, à pressentir le grouillement du monde au-delà des grilles où partent les sacs de soude que tu te brûles et te brises à remplir, à imaginer des liens invisibles avec ceux qui les reçoivent et en transforment la matière en marchandise, en objet. Dans cette chaîne où chacun a sa place tu vois se dessiner la tienne. Ton désir n'a pas faibli depuis ta sortie de la caserne, que quelques tentatives de travail sans suite ailleurs qu'à l'usine n'ont pas entamé, tu as le fil en mains, ne le lâche pas.

Dans ce monde de sueur, de fatigue, d'hommes qu'est l'usine, l'élégance n'est pas une préoccupation, même pas un mot. Tu gardes ta photo de conscrit dans le tiroir de ton armoire, sous tes chaussettes. L'ouvrier dur à la tâche et le beau gosse de la photo ont du mal à coïncider, du bleu de travail de la semaine au gandin du samedi et dimanche. Tu tentes de les faire cohabiter au mieux. Tu as monté peu à peu ta garde-robe à laquelle ne manque que la canadienne convoitée depuis le service militaire, un gros morceau, des mois de billets à compter.

L'inexpérience te fait te confronter à l'usure des tissus, la fatigue des vêtements en dépit des soins avec lesquels tu les traites. Tes ressources sont maigres, tu refuses de te priver de ton grand plaisir : aller au bal. Et d'un autre, le tabac. Pour rester beau, il te faudra jongler avec les moyens du bord. Quand des copains d'équipe passent leur dimanche à bricoler pour leur famille, tu cherches entre tes quatre murs comment faire retrouver à tes chemises un air de neuf. Nécessité fait loi, tu dois te mettre à la couture. Il ne s'agit pas que de coudre un bouton. Il s'agit, pour cacher l'usure d'un col élimé, d'utiliser le côté du tissu qui n'a subi aucun frottement de la peau ou du savon. La poursuite de ton rêve passe par les travaux d'aiguille.

Chemise en main tu observes, devines sous la pulpe de ton index et l'ongle de ton pouce les replis intérieurs du tissu, la construction des coins, l'attache au pied du col. Tu scrutes le sens des fils, regardes comment s'emboîtent les pièces, où se trouve le pied, comment il équilibre l'ensemble et conditionne la tenue des pointes. C'est une construction, ni plus ni moins que calibrer des bottes de foin pour les monter en meule solide et résistante au vent. Tu sais que pour séparer en deux un rondin de bois il te faut frapper juste, avoir établi avec la matière une intimité qui se passe de mots. Tu jubiles. Puisque tu n'as pas les moyens de t'acheter des chemises neuves, tu rajeuniras les anciennes.

Ton insouciance s'émousse, devient clairvoyance. Être bien habillé, être propre, le rester, ça signifie savoir et prévoir l'usure et le remplacement des choses, faire des plans, apprivoiser le calendrier. Tu apprends à préserver le peu que tu possèdes, à le traiter comme un être vivant.

Tu empruntes à ta logeuse une paire de ciseaux, des aiguilles, du fil. Elle te soutient sans réserve. Bien sûr qu'un homme peut coudre, il suffit de ne le chanter à personne. Elle sera discrète et veut voir le résultat. Elle-même ne sait pas coudre, à part de çà de là quelques boutons ou un ourlet. En revanche elle saura te dire si tu as bien travaillé. Elle a l'œil des Italiennes formé dans un bain esthétique. Ce que vous ignorez tous deux c'est que trente ans plus tard sa petite-fille et ta fille seront amies et qu'elles parleront de toi, « un gars bien » dira la grand-mère avec un claquement de langue approbateur.

Ce premier col, tu le démontes avec délicatesse, soulevant chaque point de la pointe la plus fine des ciseaux pour couper la couture sans mordre ni même érafler le tissu de coton très serré. Tu étales une à une les pièces sur la petite table de ta chambre, les examines, et constates que l'envers du tissu est comme neuf. La ligne élimée de la pliure du col est invisible sur l'envers. Tu traces le contour de chaque pièce sur un papier journal que tu découpes et montes la maquette du col à réaliser. Tu suis ton modèle, ajustes le pied du col avec des épingles, bien droit car de sa position dépend la tenue de l'ensemble. Réajuster le tout, coudre à tout petits points en te lavant souvent les mains pour ne pas transpirer, assouplir tes doigts peu habitués aux travaux fins.

Au bout de trois soirées, ta chemise est comme neuve, la semaine prochaine tu passeras à la deuxième et dans un mois tes quatre chemises seront terminées. À regarder de près, il est possible que les poignets aient besoin du même traitement. C'est plus complexe les poignets, il faut maîtriser la répartition des fronces et des plis, tu hésites sur les termes. Il faut de la régularité, c'est un travail de couturière.

Couturière. Justement la voisine de Jeanne, Marie – on s'y perd dans toutes ces Marie – une autre Marie que ta sœur, une Marie dite « Marie pointu » parce qu'elle a toujours une aiguille ou des ciseaux à la main. Sœur aînée d'Alice tiens tiens... Que penserait Alice d'un homme qui sait retourner le col de ses chemises ? Est-ce un moyen de l'aborder ? Par le biais si l'on peut dire. En montrant ton ouvrage à Marie pointu, en sollicitant ses conseils, puis, de fil en aiguille... Tu te fais rire tout seul, la couture te va bien. La couture et Alice.

Tu te sens irrésistible : approchant la trentaine, assez jeune pour plaire, d'un âge suffisant pour inspirer confiance, bien habillé, chaussures en cuir bien cirées, vélo rutilant dont les rayons étincellent au soleil. Tu la vois déjà sauter en amazone sur ton porte-bagages pour partir avec toi loin du village, dans un endroit où les maisons ont l'eau sur l'évier, où elle pourra marcher sur des trottoirs lisses et sans poussière sans salir ses fines chaussures à bride.

Alice a bien changé, c'est maintenant une élégante jeune fille. Vêtue de robes coupées et cousues sur mesure par sa sœur, sa silhouette mince comme un roseau te fait penser aux dessins des catalogues de mode dont Marie copie les modèles. Si au village on la dit maigre, toi tu la dis svelte, tu rêves de la protéger tout en sachant qu'elle peut te mener où elle veut par le bout du nez.

C'est la cadette de quatre enfants, gâtée, choyée par son père, surveillée par son chien, qu'il faut séduire pour apprivoiser la fille. Le cocker de quarante centimètres de haut est un gardien redoutable, le rempart de grondements dont il entoure sa maîtresse, infranchissable.

Alice, au milieu des filles du village, est une fleur entourée d'orties. Ses manières ne sont pas celles d'une campagnarde. Son aînée dans la fratrie « placée » dans une famille bourgeoise l'a initiée à la ville. Elle l'a présentée à ses patrons, dont elle a visité l'appartement. L'eau sur l'évier l'a fascinée, lui faisant entrevoir un monde sans seaux d'eau à porter, sans pompe à amorcer par tous les temps.

Il te faut bien jouer : la beauté n'a qu'un temps. Il faut proposer mieux pour conquérir et garder Alice. Tu as en mains un atout puissant. Au pied de l'usine est en train de sortir de terre une cité destinée à ses employés, de toutes les catégories. Aussitôt l'envie d'y habiter t'a saisi : chaque maison construite sur un petit terrain clos de palissades blanches abritera deux familles. Avec ses deux niveaux, un rez-de-chaussée surélevé pour le jour et un étage pour la nuit, elle se démarque des fermes à ras de terre où la crasse du dehors entre sous les semelles. Une entrée devant, une autre derrière plus intime, préservent l'intérieur. Un mur de pierre jusqu'au premier étage, un sous-sol de la même surface que la maison, comme un double inversé, où tout peut se ranger, donnent à l'ensemble une impression de netteté et l'envie de planter des fleurs au jardin. Des pièces carrelées, des parquets de chêne à l'étage aussi serrés que ceux du bal, et l'eau courante au-dessus d'un bac où tient la lessive d'une semaine et d'un évier de céramique blanche.

Après avoir séduit le chien et fait miroiter la cité à Alice, mettre les parents dans ta poche est un jeu d'enfant.

Mon père était là

C'est l'étape la plus simple, pour ainsi dire gagnée : voisins de Jeanne, ils savent tout de ta vie jusqu'à ton départ du village, te regardent avec bienveillance, tu les estimes et les respectes.

Sa mère, ses cheveux rassemblés et tirés dans un minuscule chignon épinglé bas sur sa nuque, laisse reposer ses mains sur ses longues jupes noires. Dans ses yeux tu retrouves les courtes années de ton enfance avant que tu n'apprennes qu'un regard aimant pouvait se perdre et s'effacer pour toujours. Son père, crâne lisse et moustache de Cosaque, est un Taras Boulba tranquille qui devine sous tes silences le trop-plein d'amour inemployé.

L'ombre au tableau est qu'Alice n'aime pas danser. D'après Jeanne ce serait sans espoir. Tu avais espéré en faire ton élue entre toutes les autres, en dansant avec elle seule, juste elle et toi tournant sur ce parquet que tu affectionnes, jusqu'à la fin du bal. Sans hésiter, sans perdre d'énergie à tenter de la convaincre, tu ne prends pas le risque d'une discussion qui pourrait te faire perdre tes moyens. Tu sacrifies la danse sans lui en dire un mot. Pile tu n'es pas joueur. Face, tu es amoureux. Tu n'iras plus au bal.

Alice comme toutes les filles en âge de se marier confectionne son trousseau, brode ses initiales sur ses chemises de jour, de nuit, le linge de maison : points de croix, points de broderie brodée sur la toile tendue par un cercle de bois appelé tambour. Viennent enfin les draps, aux rabats ajourés, qui porteront deux initiales calquées sur un livre de broderie, pour en faire une parure de roi. Penchées tête à tête sur les livres, Alice et Marie choisissent les caractères, d'abord simples, puis de plus en plus sophistiqués. Une seule lettre est brodée, la deuxième sera celle du mari, pour l'instant inconnu. À la vue de ce linge exhibé, des idées trottent dans ta tête, le cocker alerté par le sixième sens des chiens gronde, bas les pattes, ne perds pas la confiance du père.

Maintenant tu reviens toutes les fins de semaine chez Jeanne où tu passes bien du temps à la fenêtre. Tu rencontres très souvent Alice, t'attaches à sa famille. Sa sœur Irma va épouser un militaire, devenir une dame, avoir une bonne. Son frère Lucien gardien d'un lycée prestigieux de Lyon tire de son poste une autorité qui va de soi. Leur minuscule maison est toujours en ordre, si calme comparée au bazar de chez Jeanne ou à l'ennui de chez Marie. Ici les soirées sont paisibles, en bruit de fond le tac-tac de la machine à coudre doublé par le tic-tac plus lent de la pendule, on parle sans élever la voix, le père en bout de table couve des yeux sa femme et ses filles comme une poule ses poussins.

Alors un soir à la nuit tombante où tu guettes le départ d'Alice pour la fruitière, tu lui prends des mains les bidons de la traite et le guidon de sa charrette, entourant de l'autre bras ses épaules. Elle fait taire son cocker jaloux, toute la rue vous voit passer. Menton levé, sourire à la fois retenu et conquérant, tu prends ce soir-là ta tête du gars qui découvre l'Amérique qu'on te verra sur toutes tes photos de la prochaine décennie.

Ce sourire à la fois tremblant et conquérant est celui du garçon de 10 ans regardant droit devant lui pour rejoindre la voiture à cheval qui l'emmène vers sa vie de petit valet ce lointain matin depuis lequel il n'a plus revu celle qui avait posé ses lèvres sur son front « travaille bien, mon garçon ».

Sur le chemin de la fruitière quand le bonheur montre son nez la voix revient « mon garçon, mon garçon », tandis que ton front bat et brûle à l'endroit du baiser.

Chapitre 5

LA BOÎTE À BONBONS FAMILIALE était une ancienne boîte de « Blédine Jacquemaire, la seconde maman ». Rangée sur le rayon haut du corps supérieur du buffet, elle n'était ouverte que par les parents. Sur son couvercle rond, la seconde maman dessinée portait une coiffure à la mèche crantée. Je la trouvais plus jolie que ma « vraie maman » qui d'une main tenait le couvercle prêt à refermer et de l'autre tendait vers moi la boîte ouverte : « prends le premier, on ne choisit pas ».

Mon père, lui, escamotant d'un geste le dessin du couvercle, renversait la boîte sur la toile cirée de la table où les bonbons s'étalaient tous plus tentants les uns que les autres. Il me disait « choisis ton préféré ». Le risque à courir était que le choix diminue en même temps que le contenu de la boîte. Il me convenait mieux que l'impératif maternel. Mon père trépignait à l'idée de choisir, changeait d'avis, hésitait, pesait le pour et le contre. Il approchait sa main, la retirait, demandait mon avis, décrivait la sensation attendue. La seule règle était de prendre si l'on avait touché. En fond de scène ma mère protestait, mon père me faisait signe de continuer. Forte de sa protection j'obéissais à l'un, désobéissant à l'autre. Ma mère se laissait charmer par le sale gosse qui sourdait sous le mari, frondeur, insensible à l'intimidation et sachant se faire des alliés.

C'était l'un des rares moments où il s'imposait. Il ne s'opposait à ma mère que s'il jugeait sévères et inefficaces ses principes d'éducation. Il m'a ainsi sauvée d'un steak purée servi trois jours de suite matin midi et soir dont je n'ai pas avalé une bouchée. « C'est une gamine, laisse-la tranquille. » Sans oser le remercier, j'ai espéré qu'il voyait mes yeux restés secs face à la tyrannie de ma mère s'embuer de reconnaissance.

À propos de bonbons l'enjeu était plus bénin. Le sucre si rare pendant la guerre récente n'était pas encore montré du doigt. Nous n'avions pas à justifier nos choix dépendant d'une alchimie mystérieuse de couleur, texture, taille, parfum supposé. Les critères visuels avaient une grosse influence. Le souvenir ou les projets caressés à propos du bonbon convoité avaient leur importance, son contact aussi. Poisser les doigts lui donnait un handicap. J'ai encore sous la langue et la dent les bonbons rectangulaires fourrés aux fruits, durs autour et moelleux dedans, enveloppés dans un papier blanc mat orné du dessin du fruit qui les parfumait. Je les avais découverts aux séances de rayons UV où l'on traitait mon rachitisme. La « dame du rayon » m'en offrait un à la fin de chaque séance. Ma mère aussi gentille que dure m'achetait les mêmes. Mon père aussi les adorait. S'il n'en restait qu'un, il était pour moi.

Mon père était là

Dès que je m'opposais à son autorité, Alice se changeait en ma mère intolérante aux manifestations d'indépendance. Si le conflit éclatait en présence de mon père il retrouvait ses yeux d'enfant papillonnant de l'une à l'autre. Son monde patiemment bâti se dérobait. Pourtant je continuais la querelle tant l'injustice me faisait bouillir. Si je voyais l'enfant en lui sans repères, sans modèle y compris de conflits familiaux mes cris appelaient mon père. Peu à peu il se ressaisissait, sans créer de rupture il se tournait imperceptiblement vers moi. Infime mouvement, grand effet, ma mère et moi nous taisions, je reniflais, Alice consciente de ne pouvoir lui reprocher son amour paternel se raclait la gorge, décroisait les jambes. La paix armée s'installait jusqu'au prochain conflit. Ce soutien muet a tissé entre lui et moi au fil des années un lien sans parole grâce au tempérament volcanique de ma mère. Je le regretterai quand l'âge et la solitude la rendront docile. Ses excès qui pouvaient être d'enthousiasme m'ont forgée, j'aime comme elle les chansons et les livres.

Mon père effaçait la dispute par la reprise des gestes familiers, commentant les nouvelles au-dessus de son journal ouvert sur la table, m'en donnant quelques feuilles, écoutant la radio comme si rien n'avait eu lieu. Je le sentais revenir de loin sans en toucher un mot. Peu à peu l'enfant triste se dissolvait dans mon père tranquille aux yeux bleus voilés d'une imperceptible mélancolie.

Chapitre 6

T U VEUX TOUT GARDER : cette femme qui donne un sens à ta vie, fait vibrer ton désir d'exister, d'être mari, d'être père. En la rencontrant tu as laissé au bord du chemin les oripeaux du valet de ferme que tu as été jusqu'à tes 16 ans obéissant aux ordres et n'ayant pour contact que la paille et les bêtes. En la rencontrant tu as échangé tes nuits remplies d'odeurs animales, raclements de sabots, hennissements de chevaux, ronflements des hommes de la famille ou de la caserne, ou froid silence de la solitude, contre la présence d'une épaule proche de la tienne, d'un souffle près du tien, d'un sourire au vol au réveil. Tu donnes et reçois des baisers dans le cou, inventes des caresses, ne crains plus le pouvoir des mots. Tu aimes la main posée sur ton bras, la main dans ta main, un corps entre tes bras, un bras sous ton bras, un pas accordé au tien.

Tu es arrivé quelque part. Tu goûtes avec gourmandise ces petits riens qui rendent heureux, que rend précieux la crainte de les perdre. Tu sais le prix et la fragilité du bonheur, avances sur une crête étroite.

Tu crois savoir choisir. Et exclure, te débarrasser de ce qui t'encombre. Tes frères, ces inconnus quittés l'année de tes 10 ans, revus de loin en loin sans que tu saches grand-chose d'eux, à part René, le plus proche celui qui te ressemble. Ton père qui n'a pas su vous rassembler, ta sœur Marie, maladroite qui voudrait remplacer la mère. Tes trois frères sont casés, travaillent. L'aîné, Eugène, est aux chemins de fer près de Mâcon. Il a voulu t'y entraîner. Ton statut de jeune frère ne t'a pas plu, la prétention du grand à commander non plus, vous vous êtes disputés, fâchés. Le travail en équipe avec d'anciens paysans te fait replonger dans un monde que tu fuis. Tu veux quitter la cage, enfourches ton vélo comme un destrier qui t'éloigne de trop de clochers, trop de prés, trop de troupeaux. Tu veux un endroit neuf, des gens que tu ne connais pas. Sans perdre de vue Alice qui grandit, pensera bientôt à se marier. Tu veux bâtir ta propre vie et lui offrir du neuf à partager.

Patiemment tu tisses ta toile. Tu oublies sans retour Eugène ce frère si peu connu. Tu as puisé dans ton arrachement à ta famille une capacité à rompre sans appel. La solitude est ton univers et tu habiteras le monde de ton choix.

Deux de tes frères travaillent dans une grosse usine de produits chimiques flambant neuve, à deux heures de route à vélo du village. On se presse pour y travailler. Les immigrés de toute l'Europe y accourent. Quelque chose te souffle qu'existe une parenté entre ces gens qui ont tout laissé derrière eux et toi. La vie d'usine est pour vous tous une découverte, vous y entrez avec les mêmes habits, la même soif d'effacer le monde d'avant qui ne nourrit plus, qui massacre, ou enferme. Hommes nouveaux, pressentant qu'à l'usine on se frotte, on se pique mais que l'on y partage.

Tu patientes, survis de travaux sans importance, tous tes efforts tournés vers une embauche à l'usine où enfin à 26 ans, tu entres.

Tu loues une chambre sur place, reviens samedi et dimanche au village où te gagne l'impression de n'être plus d'ici. Les histoires de vaches, de culture, de marché, ne sont plus les tiennes. Tes sœurs disent que tu t'habilles comme un « môssieur ». Ton seul pôle est Alice, c'est en face de chez elle que tu reviens, chez Jeanne.

Comment expliquer ce qui t'aimante chez Alice ? Alice et le monde d'Alice. Sa famille, ses sœurs, son frère, sortis du monde paysan, la valeur qu'ils accordent au travail qui n'est pas celui de la terre. Tu as à lui offrir une vie dont elle rêvait, sa famille t'ouvre en grand sa porte, sa bienveillance, sa chaleur, le feu ronflant de sa cuisinière, le banc de bois comme un havre contre le mur blanchi à la chaux, le cocker qui te donne la patte, tous ces baumes sur des plaies découvertes à mesure de leur guérison, cette plainte muette de ton enfance retournée en désir d'aimer et d'être aimé.

Ta femme et ta fille en s'affrontant font s'écrouler ton monde. Tu redeviens le petit garçon qui ne veut pas se retourner, ne veut plus voir sa mère devant la porte de la maison basse, de plus en plus loin, de plus en plus petite qui agitait la main. Le front brûlant à l'endroit où elle avait posé ses lèvres, tes jambes de 10 ans peinent jusqu'au bout du village pour rejoindre la voiture à cheval de la ferme où tu seras valet pendant six ans. Cette nuit et celles d'après, immobile sur la paille crissant sous le souffle amical des bêtes, la trace battant comme un cœur au centre de ton front, tu la revois, penchée sur sa planche à laver, soulevant une mèche rebelle du bout du petit doigt de sa main droite pour ne pas mouiller l'étoffe de son foulard et continuer à savonner sans s'arrêter ni lever la tête. Au quatrième été l'image est floue, puis disparaît. Tu cherches la voix en te retournant dans la paille « mon garçon, mon garçon ».

Tu comprends tout de suite, quand le patron vient te réveiller très tôt et te sert une soupe bien chaude avant de te faire grimper, muet, frissonnant, dans la voiture à cheval. Tu la sais malade, sans avoir pu aller lui rendre visite, avec l'ouvrage du matin au soir. De retour très vite après l'enterrement, il ne te reste qu'à égrener comme un chapelet les mots magiques « mon garçon, mon garçon » en te roulant au flanc des vaches. Et puis la voix se perd dans le noir de la nuit.

Ces mots, tu t'appliques à les écrire sur un papier plié en quatre, rangé dans la poche intérieure de ton gilet. Tu n'as pas de photo à froisser, seulement tes poings à serrer dans tes poches et ce geste de glisser du bout de la dernière phalange de ton petit doigt droit une mèche de cheveux, sous un foulard imaginaire. Tu serres les paupières jusqu'à la douleur. Ta mère ne revient pas, ni les larmes. Il te reste d'elle ces deux mots sur un papier plié, rien. Tu ne connais pas le mot de solitude.

Quand Alice et sa fille face à face deviennent ennemies, la petite affrontant la grande qui en ta présence n'ose lever la main, qu'elle a pourtant leste, les glaces de tes petits matins d'enfance t'emprisonnent. Cette mère qu'est ta femme te confronte à tes manques, au souvenir inconvocable de ta mère perdue. Sans modèle et sans argument tu ne sais si l'une ou l'autre a tort ou raison. Alice campe sur un passé d'échanges, de tensions, de réconciliations, connaît sur le bout du pouce les manœuvres et les rouleries des rapports familiaux. Tu vacilles sur ton chemin de crête, repousses l'image de ces longues semaines d'hôpital où rodait la folie où tu t'étais promis de ne pas retomber. Ta promesse n'est que neige au soleil quand tu n'as plus de trame quand te saute à la gorge l'absence de ton enfance. Éclair, enfant, un fil d'Ariane te ramène à ta fille, son chagrin, sa fureur, tu t'accroches, remontes à la surface, elle te regarde comme un père, tu es son père. Alice ne te regarde pas, arrête la joute lorsque sa fille, comme une fleur arrosée, reprend vie sous ton regard.

Mon père était là

Tu voudrais savoir dire je t'aime, retenir le bonheur par la manche, ouvrir les bras à ces deux qui s'arriment à toi et cèdent en même temps, à cause de toi, pour toi. Jusqu'à la prochaine fois, tant pis, tu sais que tu existes.

Chapitre 7

Mon père adorait la Chandeleur. Alice n'aimait pas faire la cuisine. Son statut de femme mariée puis de mère de famille n'avait rien changé à ce désintérêt. Elle le compensait par une grande exigence sur la qualité des produits, achetant selon le boucher « des beefsteaks d'ingénieurs », en illustration du proverbe « à quelque chose malheur est bon » qui était l'un de ses préférés.

En revanche le jour de la Chandeleur était sacré, elle faisait des crêpes, que je détestais mais mangeais pour ne pas attiser la flamme des désaccords. Mon sacrifice n'était pas grand, le gain était double : une soirée tranquille et l'autorisation de manger avec les doigts, parce que les crêpes se mangent avec les doigts. Nous étions loin, très loin des galettes bretonnes au blé noir. Celles-ci étaient des « mataflons », épaisses, alourdies de farine, enjoquantes.

Mieux le gain était triple, car à chaque Chandeleur mes parents racontaient leur « première » que je me passais comme un film, celui que les cinéphiles et les maniaques ont vu sans se lasser des dizaines de fois et dont ils revoient les images en y trouvant toujours un détail nouveau, un sous-entendu, un sens inconnu.

Mon père était là

Une cérémonie ouvrait l'histoire : il s'agissait d'une pièce échangée, donnée je crois par mon père à ma mère, ou l'inverse. J'ai oublié ce que signifiait l'échange, qui sans doute avait un rapport avec le bonheur. Mon père s'asseyait, un coude sur la table, sa chaise de biais pour mieux capter l'auditoire et attaquait « quand je pense à ta première crêpe ». Instantanément son visage, son sourire, son allure même, perdaient dix ans, puis vingt ans, puis je ne sais plus parce qu'après j'ai quitté la maison, puis lui nous a quittés. Le sourire adorant de mon père. Je comprenais combien il avait aimé, aimait encore ma mère, et combien elle s'était sentie, et se sentait encore aimée. Je comprenais que nous, les enfants, les deux filles, étions entre eux peu de choses, des accessoires que l'on soignait, que l'on choyait ou châtiait pour leur bien, auxquels on voulait faire un bon avenir, dont le départ était prévu. Ils étaient sûrs de nous aimer. Je croyais parfois qu'ils m'aimaient, puis j'ai su que mon père, au moins m'aimait. Plus fort que tout, entre eux, c'étaient eux. Un univers qui m'était interdit, c'était tant mieux. Un univers qui m'a forcée à aller voir ailleurs, car ces deux n'avaient pas besoin de moi.

Mon père, la tête levée vers ma mère, adorant malicieux, sachant ce qui allait suivre. Ma mère, elle aussi transformée, rajeunie, amincie, ses vingt et quelques années sans une ride, ses pommettes de moujik comme deux petits promontoires exotiques, ses fossettes, ses yeux de chat, répondait « tu te rappelles comme j'étais bête ? » « mais non » le dialogue, comme au théâtre, se déroulait, mêmes mots, mêmes intonations que l'année précédente et celles d'avant, puis les suivantes « mais non, pas bête. Tu étais jeune, tu ne savais pas faire la cuisine » (sous-jacent : tu as appris, j'aime ce que tu cuisines maintenant. J'aime que tu aies pris de l'âge, je t'aime toujours). Ma mère, debout après avoir tourné sa pâte à crêpes, entre la table et la porte de la cuisine, souveraine, la poêle à la main comme un sceptre, se laissait parcourir des ondes aimantes de son mari, resservait les détails mille fois réchauffés, les mâchait, les avalait comme un mets délicieux : « je voulais te faire plaisir, j'avais demandé à Madame P. – leur propriétaire – comment on faisait des crêpes et je m'étais appliquée. J'avais si peur de rater ma pâte. Elle était belle, lisse, elle sentait bon ». La pâte ou Alice ? Elle avait mis sa robe à fleurs, peut-être un petit tablier, et attendu jusqu'à presque 10 heures du soir le retour du héros. Il avait quelque chose d'héroïque ce jeune mari qui deux fois par jour passait en pleine guerre la ligne de démarcation avec ou sans difficulté au bon vouloir des occupants allemands. Il partait vers 4 heures du matin pendant une semaine, ou rentrait sur le coup des 22 heures la semaine suivante. Le travail à l'usine fini, plusieurs fois par semaine, il repartait à bicyclette pour aller travailler à la ferme de sa sœur, dont le mari était prisonnier en Allemagne. Sur la route pas de ligne de démarcation, mais la fatigue, lancinante, l'impression de ne pas avoir décollé de la terre, qu'il avait pourtant fuie, et celle de délaisser sa jeune femme. Elle ne commentait pas, ne se plaignait pas, tentait de l'accueillir au mieux, sans avoir conscience que les privations et son inexpérience étaient des atouts plutôt que des faiblesses. Aucun reproche ne lui serait fait de n'avoir pas une table de roi.

Ma mère reprenait la parole « oui, je voulais te faire plaisir. Madame P. m'avait dit que les crêpes étaient meilleures quand on les faisait sauter dans la poêle. La première en tout cas, il fallait la faire sauter. Les suivantes j'ai oublié, parce que c'était ma première et ma dernière fois ».

Chœur des filles « Ah bon ? Mais pourquoi ? »

Mon père : « votre maman a voulu trop bien faire, elle a fait sauter fort, un bon coup de poignet ». Ma mère : « j'ai collé la crêpe au plafond ». Les filles « Non... ». À ce point de l'histoire nous avions des doutes, mais mon père confirmait « Elle est restée collée, et votre mère a fondu en larmes, et j'ai éclaté de rire, et je l'ai consolée ». Pour finir, ma mère vexée comme une jeune épouse qui a raté la fête si bien préparée s'est précipitée dans son lit en pleurant. La suite est passée sous silence. Mes parents se regardent, se sourient. Mon père, le lendemain, a eu un mal fou à décoller la crêpe pendant que ma mère tenait l'escabeau mal assuré, une tache est restée au plafond. On ne sait pas si Madame P. la propriétaire a eu droit au récit de la soirée, et si elle a constaté la tache.

L'histoire s'arrêtait là, jusqu'à sa reprise dans un an. Je me conditionnais pour avaler une crêpe, en ayant pris soin d'annoncer que je n'avais pas faim. Je la ferais passer en la fourrant largement de confiture.

Mes parents ne me prêtaient guère d'attention, concentrés sur leurs jeunes années, les rides en devenir et les soucis les rattraperaient bien assez tôt et je les aimais tous les deux.

Un deuxième sketch se jouait en famille, tout aussi attendu, répétitif et délectable. C'était celui de la bûche de Noël. Ma mère confectionnait (au fil des années elle avait acquis quelques notions de cuisine simple et aimait faire plaisir à son mari et à ses filles) une sorte de génoise rectangulaire, aplatie, qu'elle étalait sur un linge blanc sur la table à tout faire (repas, repassage, lecture du journal, couture, tricot, devoirs) et tartinait de confiture maison (de fraise ? La confiture était rouge, toujours) dans l'objectif de la rouler plusieurs fois sur elle-même et qu'elle devienne une bûche bien ronde, qu'il n'y aurait plus qu'à recouvrir de chocolat fondu.

Au bout de la table : ma mère. D'un côté : mon père, accroupi l'œil au ras de l'opération. En face ma sœur genoux pliés, et moi tête baissée. Tous suivions l'évolution de la chose, en retenant nos souffles dans l'attente du moment fatidique où le rouleau commencerait à se fissurer, laissant perler la confiture. Ma mère continuait à rouler, une deuxième fissure apparaissait. La bûche se transformait en parallélépipède rectangle orné de deux lignes rouges sur sa longueur. Quand j'étais très petite, ma mère se désolait, au bord des larmes.

À l'adolescence, j'attendais pour rigoler qu'elle éclate d'abord de rire et que mon père conclue par un « ce sera très bon quand même », ce qui était vrai. Une bûche réussie aurait eu un goût de Noël raté.

Entre temps ma mère s'était mise au coq au vin, aux œufs en meurette, au jambon persillé. Tous les soirs, patates à l'huile et salade. Soupe en hiver. Mon père n'a jamais dit un mot sur le sujet « repas », il n'avait pas épousé Alice pour manger.

À Pâques, seul dimanche où elle allait à la messe, il « faisait la cuisine », c'est-à-dire qu'il surveillait et tournait la sauce du lapin en cocotte qu'elle avait préparé.

Il avait épousé Alice pour son énergie, son charme, son appétit d'une vie nouvelle et la bulle affective qu'elle lui apportait. Il avait, au fil de leur vie commune, eu le temps de tester son soutien, sa solidité et la poigne avec laquelle elle tenait les rênes de la maison et du budget.

Les sketchs culinaires étaient l'illustration animée de ses souhaits, les retours sur le bonheur dont il ne se lassait pas. Ils avaient connu et vaincu des épreuves, et le seul fait de répétition d'année en année le confortait dans son ancrage, la conviction d'avoir bien mené sa barque et cet inlassable émerveillement d'être au cœur d'un tableau familial dont ils étaient, Alice et lui, les créateurs guidés par leur instinct et leurs désirs. Les parents d'Alice étaient tous deux morts avant que ma sœur n'ait 6 ans et moi 6 mois, le père de mon père est mort deux ans plus tard.

    La famille était loin ou comptait peu, ils vivaient maintenant au centre de la bulle et s'y plaisaient.

Chapitre 8

COMME IL TE SEMBLE INSCRIT DANS TES VEINES et tous les pores de ta peau ce chemin parcouru pour arriver là.

En épousant Alice, tu te fais la promesse de la faire vivre dans un endroit qui ne ressemblera en rien à ce qu'elle a connu jusque-là. Elle ne te demande rien, mais raconte l'eau sur l'évier et son rêve d'avoir une vraie chambre et une pièce où l'on fait la cuisine, seulement la cuisine.

Pour vivre avec elle dans la cité encore en cours de construction autour de l'usine, tu déposes un dossier que t'aide à remplir ton frère Georges, lui aussi ouvrier à l'usine. Ton troisième frère, René, qui te ressemble presque comme un jumeau, y travaille lui aussi et habite une cité avec sa femme dont tu n'arrives pas à décider si elle est chafouine ou timide.

Cette cité fait rêver Alice. L'eau sur l'évier, une cuisine, minuscule mais séparée de la grande pièce à vivre. Des toilettes à l'intérieur, des chambres à l'étage avec de beaux parquets de chêne, la lumière qui entre à flots par de grandes fenêtres aux solides volets de bois dont les jalousies filtrent le soleil en été. Un jardin, petit mais suffisant pour y cultiver ses légumes et quelques fleurs. Alice, aux anges, te fait nager dans le bonheur, tu veux lui offrir la lune, vous faites des projets.

Patatras, trahison. La cité est attribuée à ton frère Georges. Le traître sous prétexte de t'aider à remplir le dossier a substitué son prénom au tien sous l'influence de sa femme. Tu te sens prêt à le tuer, Alice te calme en te soufflant une vengeance terrible : le silence, pour Georges, sa femme et leurs enfants, durant votre vie et la leur. Leurs noms, plus jamais, ne seront prononcés devant qui que ce soit, ils seront pour vous des étrangers, où que vous les rencontriez, les enfants que vous aurez n'entendront pas prononcer leurs noms. Ils deviendront des morts-vivants. La rupture est plus intense que celle avec Eugène. Il y a trahison et blessure dont la marque sera indélébile. Les conséquences sont graves : non seulement tu ne peux tenir ta promesse faite à Alice mais vous êtes sans feu ni lieu. Dans cette tourmente Alice ne vacille pas, ne tient pas compte des tentatives de rabibochage de ta sœur Marie entre Eugène et toi ou de l'indifférence narquoise de Jeanne. Le chevalier a des failles ? On soignera ses blessures.

Ton frère René te tend la main, t'offre de partager sa cité. Tu hésites devant les tempéraments aux antipodes de ta belle-sœur et de ta femme, la première yeux baissés et démarche de souris grise, l'autre extravertie, volcanique, avide de vivre. Tu crains les étincelles, advienne que pourra, il faut bien dormir quelque part. Ce frère est un rescapé de la fratrie en miettes, il faudra s'accommoder de sa femme qui se terre au fond de l'appartement quand ça sonne à la porte, se cache du facteur, mange du bout des lèvres. Sachant que l'arrangement est fragile tu commences à chercher ailleurs sans perdre de vue l'essentiel : vivre à la cité. Au bout de quelques mois tu ne trouves qu'un petit deux-pièces à louer dans un bourg à une quinzaine de kilomètres de la cité, à mi-distance entre elle et votre village natal. Il est temps de partir, le froid s'installe entre ta femme et ta belle-sœur, tu ne tiens pas à te fâcher avec le dernier frère auquel tu parles encore. Alice consent, avoue qu'elle est soulagée, ne supportait plus la tristesse et la vie à points comptés de sa belle-sœur. Vous repartez dans l'autre sens, apprenant bientôt la belle surprise d'un premier enfant à naître.

Ton fidèle vélo reprend du service, de chez vous à l'usine de l'usine à chez vous, de chez vous à la ferme de ta sœur et retour. Coupé en deux comme ton pays, un pied dans l'industrie un pied dans la terre, et le soir ou quand tu peux, Alice, l'enfant, ta vie d'homme qui est le but des efforts de ces dernières années. Plus que coupé en deux, coupé en tranches dont chacune a son importance, à laquelle tu dois donner toute ton attention.

Trois ans de froid à pédaler dans la campagne l'hiver, de peur à passer de la zone libre en zone occupée, à écouter les craintes de ta sœur dont le mari, peut-être ne reviendra pas. Trois ans à faire ton possible pour que ces morceaux n'en fassent qu'un, s'accordent, ne s'effilochent pas. Alice ne se plaint pas, ne perd pas sa gaieté. Tu aimes quand tu rentres chez vous la retrouver s'affairant dans la maison, et qu'importe si ses crêpes ne sont pas les meilleures du village, elle chante, rit avec votre fille dont elle peigne soigneusement les boucles blondes. Elle fait une autre de son éternelle robe en changeant son col et ses poignets, elle te soigne, te réconforte. La frêle jeune fille est un pilier qui retient ta chute.

Chaque jour tu reprends la peine, évitant de penser que ça ne finira jamais, ou que ça finira mal. Sur la route, tu évoques le sourire de ta femme, celui de ta fille et tu reprends confiance, tes muscles t'obéissent, tu te fonds dans le rythme du pédalier, ne plus penser, ne plus penser, ne plus penser. Parfois le passage est simple, gardé par des soldats qui dans une autre vie auraient été tes copains. Parfois tu trembles en montrant ton « Ausweis », on t'aboie dans les oreilles, te braque une torche dans les yeux, il ne faut pas bouger un orteil, surtout devant un revolver braqué et un « haut les mains », juste parce que les soldats s'amusent. Tu fais comme si tu ne tremblais pas, ton estomac ne se dénoue qu'après de nombreux tours de roues que tu veux réguliers, pour cacher ta peur. Passé un groupe de buissons auquel tu as donné un rôle de sentinelle au-delà duquel tu peux te relâcher, l'image d'Alice se superpose au jour qui chasse les idées noires ou à la nuit qui parle de lumière allumée, de ta femme qui te saute au cou, qui t'attend pour manger. Elle n'a pas une allure de veuve. Dans l'autre sens, c'est la chaleur du groupe, les plaisanteries des copains, tu t'en veux de parfois oublier ton foyer.

Deux fois par semaine c'est double journée de travail, tu reprends ton vélo l'après-midi ou le dimanche pour aider ta sœur à maintenir sa ferme. Tes gestes de paysan reviennent comme par enchantement, les enfants de 2 et 12 ans te traitent comme le père que tu n'es pas. On ne sait pas combien de temps ça va durer. Il faut mettre de côté fatigue et peur, oublier que ta sœur t'énerve. Tu as chez toi un trésor, et la petite fille qui grandit est la prunelle de tes yeux, il pourra compter sur ta présence et ton désir de lui faire une meilleure vie que la tienne.

Tu n'as pas lâché le rêve d'habiter la cité. Pas lâché le dossier à représenter et victoire, une « cité » vous est attribuée. La guerre est en train de finir, vous déménagez dans un camion à gazogène, vos maigres biens empilés, l'avenir à votre portée.

Il se trouve que la maison est entre celles de tes deux frères, René, avec lequel subsiste un léger froid, Georges, que tu continues et continueras à ignorer. René passe tous les jours devant chez toi pour aller à l'usine.

Tous les jours tu passes devant chez Georges, deux fois par jour, aller et retour de chez toi à l'usine. Tu tiens le coup, échangeant deux mots avec René, pas un pli en rencontrant Georges. Alice te soutient, instituant avec René la paix des braves en consentant quelques salutations et visites à sa femme.

Vous vous installez dans cette maison qui tout de suite est la vôtre.

Tu aimes ses volets rouges, le cerisier de son jardin, les deux tonnelles de vigne au-dessus de chacun des escaliers, celui à l'avant montant à l'entrée des visiteurs, celui à l'arrière, les marches de l'intimité, que très vite grimperont les voisins avec lesquels les relations sont détendues, amicales. Pour preuve les grillages délimitant vos jardins respectifs sont enlevés, aucun ne marche sur les plates-bandes de l'autre, tout va bien.

Tout ne va pas bien pour toi, les souvenirs de peur sur la route, la tension de ce double travail usine-ferme qui pouvait n'avoir pas de fin, ta nouvelle famille dont tu te sentais responsable et culpabilisais de, à tes yeux, ne pas bien t'occuper, t'entraînent dans un maelstrom d'idées contradictoires, tu as tenu, tu as lâché, tu dois tenir, tu vas lâcher, tu n'es pas à la hauteur. Tu pleures, te fermes, t'enlises, ne veux plus rien savoir, muré dans un corps qui ne t'obéit plus. Muet, fracassé face à Alice qui ne sait à quel saint se vouer mais reste là. Sans réponse, sans espoir, te voilà mûr pour l'enfermement, unique réponse à la dépression, remède pire que le mal. Isolé sur un lit dont le sommier métallique te blesse à travers un matelas troué, à peine interrogé par un médecin pour lequel tous les fous se valent, te voilà soumis aux électrochocs, à l'isolement, à la privation des tiens. Seul dans le noir, paralysé sur ce lit à l'odeur de moisi. Pas envie de partir, pas envie d'être là, envie de rien, avec la sensation de ta peau retournée comme un gant, écorché, même l'air te fait mal, tu voudrais dormir. Alice impuissante devant tes pleurs et ton inertie, ne sachant pas comment te rendre à toi-même, a fait venir le médecin, l'ambulance t'a déposé là, tu ne sais pas pour combien de temps, ce qui va se passer.

Te reviennent les nuits dans l'étable, le ventre noué de solitude, tu convoques le souffle des bêtes, la chaleur de la paille, ta mère cachant sous son foulard sa mèche rebelle. Combien de nuits, puis « Mon garçon, mon garçon ». Les électrodes qui t'ont lancé dans une tempête de gestes et détruit tes pensées n'ont pas touché, au centre de ton front, la petite surface de la taille d'un baiser qui t'a donné l'immunité. Tu ne peux pas abandonner le chemin sur lequel t'a poussé ta mère, sur lequel tes raisons de vivre t'attendent. Alice, ta fille, ta maison, ton travail, l'homme que tu es devenu à force de l'avoir rêvé. Tu sors du tunnel.

Tu es là ce soir avec ta femme, tes filles (une deuxième née après ta sortie du tunnel) en train de rigoler en vous barbouillant de confiture. Tu as gagné, c'est décidé, tu ne perdras plus jamais.

Chapitre 9

L E NEZ À RAS DU GUIDON j'essayais, debout, les coudes pliés crispés pour tenir les poignées, le vélo ne voulait rien savoir, trop haut, trop raide. Je le penchais à gauche pour attraper la pédale droite, faire qu'il se redresse et roule, pied gauche en vitesse sur la pédale gauche, un tour de roue et tout s'arrêtait, c'est tout juste si je me rattrapais, je n'y arriverais jamais.

J'avais 6 ans, l'âge de savoir faire du vélo, sauf que je ne savais pas, pas en faire, pas comment faire avec ce vélo trop grand pour ma taille. Et mon père attrapant la selle m'avait dit « pédale », il s'était mis à courir le long de la roue arrière, et le vélo avançait, mon père disait « oui, appuie, pédale droite, pédale gauche » et tout à coup il n'était plus là et je continuais à rouler, je ne savais pas comment m'arrêter avant de comprendre et d'aimer. Le vélo devenait mon cheval, je saisissais toutes les occasions pour filer. Par exemple mon père rechignait à aller au tabac, s'acheter chaque semaine son paquet de gris et son papier à cigarettes « Job gommé ».

Le tabac était en face de chez son frère traître dont ça m'était égal, droite comme un I sur ma selle, de croiser la famille. Très vite j'avais pris l'habitude d'aller acheter papier et tabac dont l'odeur me montait à la tête à travers le cube d'épais papier gris. Je salivais à voir mon père disposer feuille et tabac dans une boîte dont il lui suffisait de claquer le couvercle pour faire apparaître longue, lisse et blanche, une cigarette. Je le regardais préparer sa ration à emporter à l'usine et me déroulais le film de la première d'après casse-croûte, aspirée en plissant des yeux au-dessus d'un sourire de Bouddha, quelques tafs et vivement la suivante, clac, flamme du briquet, point rouge incandescent, parfum piquant, tenace, désagréable après refroidissement.

L'envie de fumer grandissait avec moi. Plus que de fumer j'avais hâte d'accomplir les gestes chics de la cérémonie, encore plus belle quand les cigarettes étaient en paquet : pichenette sur le fond du paquet, tirer délicatement entre pouce et index la cigarette ainsi séparée des autres, la faire passer entre index et majeur légèrement pliés, la porter à la bouche en un arc de cercle tracé dans l'air, l'insérer comme un objet précieux entre les lèvres, effleurer son extrémité de la flamme d'un briquet, visage légèrement incliné vers le bas, aspirer poumons bien ouverts et nuque rejetée en arrière, souffler la fumée aspirée, recommencer. Les pauvres cigarettes turques aux papiers pastels fumées chez une copine délurée m'avaient brouillé le cœur sans m'ôter l'envie de continuer et de fumoter de-ci de-là en cachette.

Et puis j'ai eu 16 ans et bien que décroché au rattrapage, le premier bac m'a donné droit à un cadeau. Ma sœur, première fille d'ouvriers de l'usine à avoir le bac, m'avait ouvert la voie. Nos parents étaient fiers et mon père pour l'occasion s'est chargé du choix du cadeau habituellement dévolu à ma mère.

Mon père, depuis tant de paquets entre nous et de cigarettes roulées comme un numéro obligatoire, savait que je rêvais de fumer, et d'avoir un briquet. Le Silver Match argenté, lisse et doux, profilé comme un bateau était le bijou dont je rêvais depuis des mois. Il avait choisi le modèle « homme », preuve du sérieux qu'il accordait à mon désir. L'objet bien calé en main, la flamme jaillissait d'un coup de pouce, annonçant sur les lèvres le goût puissant du tabac brun de la Gitane sans filtre. Car le cadeau comprenait un paquet mensuel de Gitanes orné du dessin d'une gitane en robe de volutes blanches et bleues pleines de promesses.

Il a été mon unique briquet, je l'ai perdu après quelques années. Comme les animaux dont les propriétaires refusent de remplacer l'absent, je ne me suis pas posé la question d'en acheter un autre. J'ai passé ma vie de fumeuse avec des grosses boîtes d'allumettes de cuisine, des petites boîtes, des briquets jetables et perdables. Fumant comme un pompier j'ai avalé la fumée de mes quatre paquets de Gauloises sans filtre quotidiens (j'avais abandonné les Gitanes, trop chères) sans aucune infidélité au Silver Match reçu de mon père comme un témoin passé pour m'aider, jeune et fille, à faire ma place à la table des grands. La main sur mon épaule, sa cigarette et la mienne allumées au même déclic de mon briquet, son geste m'avait dit de n'écouter que moi.

Déjà, l'été d'avant, à la saison des jupes trapèzes, des chaussures pointues à petits talons et des cheveux crêpés hauts comme les perruques des courtisanes de Versailles, alors que je faisais la gueule parce que je m'ennuyais, il avait devancé mes pensées. Je traînais derrière mes parents dans des promenades qu'avec le recul je reconnais plutôt bien choisies : virées à la montagne, découverte de vieux villages, d'églises, quelques incursions dans la Suisse voisine, avec presque toujours en fin d'après-midi un verre en terrasse avant de rentrer au bercail. Un jour où je faisais semblant de ne pas m'intéresser au lac de Genève au bord duquel nous avions bu un verre à la terrasse d'un café, un jour où sous la torture je n'aurais pas avoué en prendre plein les yeux du paysage, des bateaux, du jet d'eau, un gobelet de verre, de forme légèrement conique, de couleur verte m'a mis la tête à la renverse. Un vert profond, transparent, un verre comme un diamant à travers les rayons du soleil, scintillant comme un lac de montagne, respirant. Sur le fond vert, le logo blanc « 7Up » de la boisson au goût de citron vert que j'avais bue sans y faire attention.

Je ne connaissais du design ni le mot ni la fonction et pourtant l'intention, la concentration de celui qui avait dessiné, choisi cette couleur verte du verre et l'emplacement de l'inscription, calculé le contraste exact de son blanc particulier sur ce fond vert en même temps dense et transparent ont fait surgir des pensées et des réflexions qui ne demandaient qu'à naître. Je voyais les hésitations, les essais du dessinateur jusqu'à ce que le résultat corresponde parfaitement à ce qu'il voulait provoquer. Cet objet fruit de l'alliance entre créativité et connaissance technique m'a saisie et donné envie d'en voir d'autres.

Je n'avais jamais rien vu d'aussi beau. En l'abandonnant sur la table je lui ai donné une dernière petite caresse pour conserver sa forme et son velouté dans ma tête et ma main. Je suis rentrée de bonne humeur.

Quand en arrivant chez nous mon père a sorti de l'ample poche de son pantalon le verre « 7Up » qu'il m'a tendu comme un trophée d'un air entendu, j'ai bien vu que mon Chevalier Bayard ne m'avait pas laissée tomber.

Il avait volé, ça m'embêtait. Volé pour moi, c'était mieux. J'étais fière et inquiète, mais il le prenait à la légère. Si mon père disait que ça n'était pas grave, ça ne l'était pas. Plus, il m'autorisait à posséder une chose que ni lui ni ma mère n'avaient choisie, sans me donner d'avis sur ce choix, plus encore en m'aidant à tricher pour l'avoir.

J'ai traîné ce verre partout avec moi, il a été de ma trentaine de déménagements, il a vu du pays, des cartons, connu tous les placards. En cherchant bien je le dénicherais peut-être encore. Fruit d'un coup de foudre et d'un larcin, le souvenir de ce trésor est inscrit dans ma paume. Lisse et insondable comme une laque japonaise, solide comme un roc, union de l'éternité et de la fragilité, il a été à l'origine de nombre de mes goûts pour les doutes entre apparence et réalité, les jeux entre profondeurs et surface, les énigmes amusantes des trompe-l'œil.

J'allais et venais à ma guise en vélo, fumais avec désinvolture, découvrais que les choses banales pouvaient être belles. J'avais envie de mordre la vie dont un événement inattendu me donnerait bientôt la clef.

Pour mes 19 ans mon père m'a remis en cadeau d'anniversaire un papier. Ce papier était un jugement d'émancipation, deux ans avant la majorité officielle. « Un mineur émancipé est assimilé à un majeur, hormis pour se marier, voter ou ouvrir un commerce. » Pour le reste de ses choix il n'est plus sous l'autorité de ses parents. Mon père avec sa mine de conspirateur du temps de la boîte à bonbons renversée m'a expliqué combien le juge des Tutelles était intrigué, et comment il avait cherché, parce que cet acte marquait habituellement une rupture, l'épilogue d'un conflit entre parents et enfants, la petite bête et les poux dans la tête. Son sourire tandis qu'il me racontait la scène était celui d'un gamin qui venait de jouer un bon tour et de m'en faire complice. Il m'a offert le cadeau par surprise, sans m'en avoir parlé avant, sachant combien il me ferait plaisir. Estomaquée je ne suis pas sûre que mes remerciements aient été à la hauteur de mon plaisir. Et puis sans le formuler je trouvais la chose normale, la conclusion logique d'une relation de confiance et d'une évolution commune. Je n'ai posé aucune question sur ce qui avait été une sacrée affaire pour lui : s'informer, solliciter la justice, répondre aux questions du juge, toutes étapes impressionnantes et difficiles pour quelqu'un qui n'était pas habitué aux paperasses et timide face à l'autorité. Je ne saurai jamais comment l'idée lui est venue, combien de temps il l'a soupesée, s'il a eu de l'aide et comment. Je m'interroge encore. Je n'ai pas commenté l'accord de ma mère, légalement obligatoire, persuadée qu'elle saisissait l'occasion de se débarrasser de moi, ce qui, aussi, me paraissait normal tant nos relations étaient tendues.

Je me suis tout à coup sentie grandie et responsable. Personne ne répondrait de mes bêtises si j'en faisais. Vertigineux bonheur. Après deux années sombres en BTS de secrétariat pour faire des études courtes et travailler très vite, je saisissais que c'était maintenant à moi de jouer.

Mon père alors a donné l'impression d'être allégé d'un fardeau, de mieux respirer, une petite flamme nouvelle ravivait le bleu de ses yeux. Alice toujours à ses côtés, ses filles indépendantes, il s'était apaisé, ses quelques soucis de santé étaient pour lui comme un bénéfice, puisqu'il ne travaillait plus que de jour, dans un petit poste peu glorieux dont il s'accommodait avec philosophie donnant l'impression d'avoir atteint un but : vivre sa propre vie.

Pour moi nous étions cosignataires d'un contrat tacite : mon père m'avait amenée le plus loin qu'il pouvait, il me passait la main, le témoin, à moi de continuer la course. Il ne tenait plus ma selle, pendant quelques années encore nous allions rouler côte à côte. Égaux.

J'ai plié le papier en huit, l'ai rangé dans mon portefeuille à la place qui serait la sienne pendant les deux ans à venir. C'était un exemplaire unique, précieux. Ma première occasion de le présenter fut pour passer une frontière suisse, où j'allais me faire avorter de façon illégale. Je n'ai pas eu l'impression de trahir mes parents. Plutôt le soulagement de leur éviter un fardeau difficile à supporter et de me conforter dans la certitude que mon père, avec son intuition, avait encore une fois tout deviné de moi.

Chapitre 10

Ê TRE PÈRE C'EST AUSSI TENIR LA SELLE, courir à la roue du vélo sur lequel ta fille a du mal à tenir l'équilibre, et savoir à quel moment exact la lâcher. Elle renâcle, tu insistes, lui décris les délices du nez au vent et des zigzags dans les rues sans voiture. Tu veux qu'elle se débrouille, qu'elle sache que tout n'est pas donné.

Tu dois te forcer un peu, tu la vois encore si petite, bout de chou resté maigrichon qui a deux fois échappé à la mort. Ton exigence t'étonne, toi qui habituellement cèdes. Il lui suffit de planter, face à ta chaise où tu tentes d'écouter la radio après une journée usante, son petit fauteuil et ses fossettes, pour qu'encore une fois tu lui lises « Les cinq petits pompiers » qu'elle connaît par cœur. Tu craques et trop fatigué pour articuler un mot, tu ne fais que chantonner l'air « tatatatata » en mettant le ton et les points d'exclamation aux bons endroits. Tu auras droit à ses bras autour de ton cou, une bise bruyante et un « mon petit papa Nonel » qui est ton plus joli prénom.

Les années passent, à l'aise sur son vélo dont elle lâche le guidon comme une pro, elle file une fois par semaine au tabac t'acheter ton paquet de gris et tes feuilles à rouler. Elle apprend à courir les rues à l'âge où tu travaillais, parfois tes yeux s'embuent et ton cœur va exploser quand elle pose devant toi le paquet de tabac dont elle respire le parfum à travers l'épais papier gris-brun. Elle s'accoude à la table, avec sa curieuse façon de se poser sur l'assise de sa chaise en équilibre sur ses genoux pliés, jambes relevées haut en arrière, pieds accrochés en haut du dossier comme un petit singe prêt à bondir. La fille ouistiti mange des yeux son père magicien qui, d'une feuille étalée et de quelques brins de tabac sort d'un clac du couvercle de sa boîte métallique un cylindre blanc à la fois rond et élancé, ferme et parfumé : une cigarette prête à fumer.

Fumer t'apaise, fumer près de ta fille encore plus. Souffler la fumée te repose. Elle si bavarde se tait, tes gestes ralentissent, ta fatigue s'envole et se dissipe dans un nuage vite dispersé. Le balancier de la pendule égrène un temps que tu voudrais saisir, absorber par chacune des cellules de ton corps pour qu'elles s'en nourrissent et s'en souviennent.

Les enfants grandissent, le tic-tac égal à lui-même nous trompe sur la marchandise. Tu balances entre tes désirs : garder encore petite cette enfant qui te voit si grand, en même temps la pousser à grandir, à devenir adulte pour que tu puisses passer à autre chose.

Ainsi tu lui offres en cadeau de bac le briquet Silver Match qu'elle mange des yeux dans les vitrines. Tu la regardes approcher la cigarette de la flamme après l'avoir passée sous son nez, aspirer une première bouffée pour l'allumer, avaler la fumée comme un vieux sapeur, rejeter un panache vers le ciel. Bientôt coude à coude une nuit d'été à la fenêtre, vous grillerez vos clopes en tendant l'oreille au chant du grillon, d'un même souffle aspirant, deux points orangés clignotant sur fond bleunoir, d'un même souffle faisant monter la fumée au ciel, voilant la lune.

Laisser, voire encourager à fumer une fille de cet âge n'est pas du goût de tous. Si tu avais eu un garçon, tous auraient approuvé. Tu es content d'avoir eu deux filles et pas de garçon, aucun risque de donner à l'un plus qu'aux autres ne te guette. Tes filles auront un métier, travailleront, c'est un point que tu n'abordes pas tant il coule de source pour toi. Heureusement ta femme partage ton avis. Tes filles t'amènent à découvrir avec étonnement, plaisir, parfois petites déceptions, ce qu'est être père. Tu l'inventes sans oublier d'écouter ce vieux moteur qui tourne encore en toi, celui qui t'a fait quitter la terre, choisir Alice, laisser tes frères et tes sœurs pour ce qu'ils étaient, ne pas discuter, ne pas te retourner.

Ta fille aînée te donne toutes satisfactions. Tu pourras t'appuyer sur elle, tu le vois, tu le sais. La petite, plus rétive, née après ton séjour à l'hôpital psychiatrique, a vaincu deux maladies mortelles, ton élan vital et le sien ont grandi ensemble, redonnant des couleurs à ton enfance perdue, tu t'amuses à tricher, à rouler Alice dans la neige, à conduire sans permis. Sous l'œil d'Alice qui elle aussi s'amuse, tu redeviens jeune homme, l'air devient plus léger, tu décides que tes filles doivent savoir danser le tango et le paso-doble et vous dansez sur le lino, autour de la table à tout faire, en chantant pour marquer le rythme parce qu'il n'y a pas de phono chez les ouvriers.

Un dimanche à la fin d'une balade à Genève vous prenez un verre à une terrasse avec vue sur le lac. Ta petite fille maintenant adolescente, surprise, en cette fin d'après-midi, sourit. Toute la journée en traînant ses pieds chaussés de petits talons fins qui t'ont coûté une fortune, elle a fait son habituelle tête de cent pieds de long, sans raison apparente. Elle sourit au gobelet de verre vert d'une boisson dont le nom ne te dit rien, auquel tu ne trouves de spécial que le sourire qui lui est dédié. Son visage, sur fond de lac et de ciel bleu, est celui qu'elle te réservait, petite, quand tu rentrais tard du travail ou à la fin de la lecture d'une sempiternelle histoire. Elle n'est plus ta petite fille. Elle a appris des choses que tu ne sauras jamais, a lu tant de livres. Si tu ne peux rien lui apprendre, au moins peux-tu lui donner. Ce verre, qu'en partant vous laissez sur la table, tu l'enfouis dans la vaste poche de ton pantalon, le sourire de ta fille vaut bien un petit larcin. C'est comme chaparder les œufs des poules pour les gober vite fait, voler n'est pas toujours voler. Tu tentes de lui faire comprendre qu'il va se passer quelque chose, et vous ne traînez pas en quittant les lieux.

En arrivant chez vous tu sors le verre de ta poche, elle pâlit, rougit, balbutie que tu as volé, retrouve son petit papa Nonel, le chevalier Bayard, le magicien. Inutile de t'expliquer. D'ailleurs tu ne comprends pas non plus ce qu'elle trouve à cette babiole publicitaire, et pourtant tu lui fais confiance : ce verre doit avoir quelque chose de rare puisqu'il rend à ta fille son sourire perdu. Le temps reprend son cours, l'humeur se stabilise, on passe aux choses sérieuses : le bac à passer en fin d'année, le second, le passeport pour quitter la maison.

Sans préméditation un jour, alors qu'assise sur l'escalier de pierre chaud du soleil d'un midi de printemps elle s'étire comme un chat en te stoppant dans ta descente, tu t'entends lui dire tranquillement : « je voudrais que tu fasses des études courtes, je voudrais que tu te mettes très vite à travailler, je voudrais, avant de trop vieillir, profiter de ce que je gagne en ne le partageant qu'avec ta mère ». Ta fille vient d'avoir 17 ans, dans un mois c'est le bac, dans quatre le départ de la maison, les études. Elle hésite entre tant de choses, journaliste, comédienne, des métiers de hasard où les relations que tu n'as pas comptent pour beaucoup. Sa mère devenue mère poule sur le tard prie pour qu'elle rate son bac, qu'elle reste encore un peu à la maison. La petite piaffe, toi aussi, vos raisons sont différentes, vos élans puissants.

Tu vois que ta demande la cueille, la coupe dans son envol mais ne l'abat pas. Elle dit qu'elle va réfléchir, et t'annonce peu après au bord des larmes qu'elle fera un BTS de secrétariat, qui la mènera à Bac + 2. Tu penses en lui disant que c'est très bien, que c'est déjà beaucoup. Ta fille s'est-elle éloignée de toi, a-t-elle oublié que tu n'étais pratiquement pas allé à l'école ? Tu sauves ta peau, pour elle qui vivra verra, pour toi tu veux cinq ans avant ta retraite ne plus avoir à te soucier des autres. La grande sera bientôt enseignante, la petite tient parole et s'apprête à travailler dans deux ans. C'est une bouffée d'air pour Alice et toi, la liberté gagnée.

Alors tu décides de faire à ta fille qui a tenu parole ce que tu estimes le meilleur des cadeaux : puisqu'elle s'est conduite en adulte, tu lui offres la possibilité de l'être, officiellement. Tu l'émancipes devant le juge des Tutelles, elle deviendra majeure deux ans avant l'âge officiel. C'est une sorte de pacte, un échange de liberté mutuelle qui vous bouleverse l'un et l'autre et vous lie paradoxalement plus étroitement encore.

Ce cadeau t'entraîne dans une réflexion et une démarche qui n'est pas simple. Sur l'intention tu n'as pas de doutes, sachant combien ta fille revendique sa liberté. Tu n'as pas l'habitude des dossiers, des démarches, la Justice t'impressionne, te fait un peu peur. La séance face au juge des Tutelles est une épreuve, d'autant qu'il cherche à déceler entre toi et ta fille le désaccord qui aurait motivé ta décision. Heureusement ta sincérité et le mot de « cadeau » l'emportent. L'accord entier d'Alice aussi sans doute, sans ambiguïté, au contraire.

Toi qui parfois te sens comme un vieux père qui n'a plus grand-chose à donner, qui pense qu'il peut prématurément disparaître, tu es persuadé que ce cadeau donnera à ta fille les forces qui lui sont nécessaires. Sa déception de n'avoir pas choisi son métier se changera en fierté d'être indépendante et lui fera affronter la vie sans béquilles. La vie de père est un point d'interrogation. Entre la naissance de ta fille aînée et celle de la cadette cinq ans et demi plus tard, tu as senti peser ta vie et ton âge avancer. Entre les deux tu as vacillé au bord de gouffres, le fil n'a pas cassé mais se tricote autrement.

L'émancipation de ta fille signe ta propre indépendance, tu as bouclé la boucle. Une autre vie est devant toi, plus légère, Alice encore jeune toujours à tes côtés. Tu as gagné.

Chapitre 11

AU DÉBUT D'UN APRÈS-MIDI D'ÉTÉ comme les autres, nous étions trois filles de 9 à 10 ans, trompant notre ennui au milieu de longues vacances, sans autre ressource que notre imagination ou nos éternelles comparaisons des mérites de la colonie de vacances laïque contre celle du curé. Il faisait chaud, très chaud dans la cité immobile, sous un ciel d'azur immobile.

Les ouvriers du matin étaient chez eux, ceux de l'après-midi à l'usine, ceux de la nuit dormaient ou émergeaient à peine d'un sommeil peu réparateur. Nous étions trois à bavarder sur un coin de trottoir désert ma copine de toujours, meilleure d'entre les meilleures sans laquelle ma vie n'aurait pas été la même, moi, et la troisième un peu au second plan, un peu pièce rapportée, qui travaillait mal à l'école.

Sa mère infirme se déplaçait difficilement sur des béquilles dans sa maison dont elle ne sortait pas. Elle passait une partie de ses journées à observer le monde de sa fenêtre, discutant avec les rares passants, brodant avec les bribes qu'elle en captait une vie à l'accès impossible.

Nous étions à deux pas, ne sachant pas nommer notre ennui, au pied de la maison de « familles nombreuses » à quatre logements où vivaient mes deux copines, quand il est arrivé d'au-delà du carrefour : un garçon, un grand d'au moins 15 ans, sur son vélo, droit sur nous puis pied à terre sur le bord du trottoir en montrant d'un geste vague vers les champs à l'orée de la rue, un endroit où il y avait eu « un accident ». « Avant de prévenir les gendarmes, je voudrais montrer l'accident à la plus grande des trois. » La plus grande, ma très chère copine, sans poser ni se poser de questions, avait aussitôt sauté en amazone sur son porte-bagages, tout sourire, en agitant la main « salut, salut ».

D'abord un peu abasourdies sur notre trottoir nous n'avons pas prêté attention à ce qui s'agitait dans nos têtes. Au bruit de la fenêtre qu'ouvrait la mère infirme en se postant à sa place habituelle, nous nous sommes précipitées sans nous concerter, pour lui raconter, vite, vite et dans le désordre le garçon, l'accident, l'amie qui agitait la main. Elle a tout de suite embrayé, me disant de courir très vite alerter mes parents. Quelque chose était arrivé. J'ai couru. Dans le ciel uniformément bleu, un petit avion ronronnait, laissant derrière lui une traînée blanche. Sous le calme, trop calme, un bouleversement se frayait dans l'azur. J'ai eu la vision des gens de la rue courant dans tous les sens, pressenti la rumeur à venir, accepté le malaise. J'ai accéléré ma course, entrant en trombe chez mes parents, interrompant mon père le visage plein de mousse à raser devant la glace suspendue à côté de la porte. Il a tout comme la dame à sa fenêtre réagi au quart de tour, replié d'un geste son rasoir, essuyé d'un coup de linge de toilette la mousse à raser sur ses joues, établi avec ma mère aussitôt accourue un plan d'action en quelques phrases rapides et sèches.

Ma mère m'a dit de retourner sous la fenêtre de la grande maison, de n'en pas bouger et de dire à la dame que les grands s'occupaient de tout. Nous avons attendu sans mesurer le temps ni la chaleur, ma copine tout sourire n'en finissait pas d'agiter sa main sous mes yeux. Je ne pensais à rien, sauf à elle. Sa belle-sœur et ma mère s'étaient précipitées comme des flèches à vélos sur ses traces. Puis mon père, à la tête d'un groupe d'hommes à bicyclette. Dix, quinze, vingt, rassemblés en quelques minutes, alors qu'aucun n'avait le téléphone. Rassemblés comme les oiseaux qui partaient vers le sud. Menaçants comme les avions militaires dont les démonstrations faisaient vibrer les vitres de nos maisons et les verres dans les placards. Nous, l'adulte infirme et les deux filles statufiées sous sa fenêtre, attendions, muettes, remplies de craintes insaisissables.

Quand les deux femmes ont déboulé, triomphantes, ma chère copine sur un des porte-bagages, mes poumons se sont gonflés d'un seul coup. Quelqu'un a dit « et le type ? » Ma mère a dit qu'elle ne savait pas, que l'important était la gamine. Qu'on le retrouverait, qu'elle lui avait fouetté le dos avec des épis de blé pour lui arracher la petite et qu'il devait avoir des marques.

Foule, brouhaha, ma copine et moi tombons dans les bras l'une de l'autre, ma gorge douloureuse, l'empreinte à jamais marquée de son corps entre mes bras, ses bras autour de mon cou, nos larmes emmêlées sur nos joues collées l'une à l'autre, tout ce que j'avais cru perdre. Je me dépliais.

D'un coup le tumulte s'est arrêté, la rue dans un silence de mort s'élargissait devant le groupe d'hommes en vélos qui la remontait, pédalant du même rythme lent, visages fermés, sans un mot, certains encore en bleu de travail, d'autres en maillot de corps, vêtus tels que l'urgence les avait trouvés. Au centre du groupe, mon père à gauche, un autre homme à droite, entre eux celui qu'ils avaient retrouvé, tenu à chaque épaule dans le piège de deux poignes de fer.

Mon père, dos droit, front haut, menton levé, était la gravité faite homme. Les hommes se sont arrêtés devant chez ma copine, le gars a dit « c'est pas moi », j'ai crié « si c'est lui, si c'est lui, je le reconnais ». Mon père est passé devant moi comme s'il ne me connaissait pas, déterminé, autoritaire. Il a demandé si les gendarmes avaient été prévenus, dit qu'il fallait boucler quelque part le gars en les attendant parce que le père, prévenu à son travail, risquait de le massacrer. Il a été enfermé dans le placard à balais, mon père a mis la clef dans sa poche.

Pendant ce temps on nous avait, ma copine et moi, séparées sans écouter nos protestations. Arrachées l'une

MON PÈRE ÉTAIT LÀ

à l'autre, plutôt que séparées. Je ne savais plus si on avait fait quelque chose de mal. Le docteur allait arriver. Les femmes avaient les yeux mouillés, la mère de ma copine s'était isolée avec elle, les pères détournaient les yeux. Mon père a dit que nous n'avions plus rien à faire ici, qu'il fallait laisser la famille. Il attendrait que les gendarmes arrivent puis reviendrait chez nous.

Je n'étais qu'un petit grain dans cette histoire dont la suite s'organisait sans moi. Mon père à la tête d'une expédition qui aurait pu mal tourner m'a remise à une place d'enfant dans une machinerie qui me dépassait. Pas plus que moi ma copine n'avait eu son mot à dire. Les grands prenaient toute la place comme s'ils savaient mieux que nous ce que nous avions vécu. Les gendarmes ne m'ont même pas interrogée.

Une année a passé. Le mois d'août suivant, précisément le 15, ma tante Marie sœur de mon père était venue passer chez nous la fête du village. C'était exceptionnel. Pour nous la « fête » était surtout une fête foraine, les tours de manège, les nougats, les loteries ambulantes et pour mon père tirer deux ou trois fois au stand de tir et m'emmener sur les autos tamponneuses attraper quelques bleus et des sensations fortes. Les parents nous achetaient des cacahuètes grillées à la nougatine, je rêvais de barbe à papa et d'une pomme enrobée de sucre rouge, lisse et brillante, finalement très décevante, couverture trop sucrée, chair fade aussitôt recrachée. J'avais caché ma déception à mon père qui me l'avait offerte malgré l'avis contraire de ma mère et conclu que beau et bon n'allaient pas toujours de pair.

Après cette seule « surprise », était venu le moment de ramener ma tante dans son village. Si je tenais à les accompagner, ce n'était pas par affection pour ma tante mais pour le plaisir d'avoir au retour un tête-à-tête avec mon père durant une demi-heure, assise à côté de lui, à l'avant, place qui n'était pas celle des enfants habituellement. À l'arrière de la 4CV on ne voyait pas grand-chose, j'avais mal au cœur. À l'avant je savourais le paysage quel qu'il soit, nouveau, connu, beau, désolé. Depuis l'avant le paysage était un tableau. Peu importait les champs vus et revus, le pont brinquebalant à une seule voie sur la rivière où il fallait laisser le passage à la voiture déjà engagée, les villages connus par cœur, le passage à niveau sur lequel tressautaient les roues. À l'avant tout était plus beau, les voitures avaient des museaux d'animaux sur pneus, le nez de notre auto entrait dans le paysage comme le couteau dans un gâteau, nous avalions la route, sans nous presser.

Je savourais ces moments partagés avec mon père, même les plus brefs sautant sur toutes les occasions. J'aimais assis à ma gauche le sentir attentif à la route, me jetant de temps à autre un coup d'œil, me recommandant de bien m'asseoir au fond du siège, surtout depuis qu'il m'avait rattrapée par la ceinture un jour où j'avais par mégarde ouvert la portière qui s'ouvrait par l'avant et récupérée de justesse, pâle comme un mort. Il m'avait sauvée et j'avais retenu la leçon, ne bougeant pas plus que de besoin, bien calée, sage comme une image. Son geste bref et décidé pour me récupérer m'avait laissée pétrie d'admiration, aussi.

Pour l'heure il s'occupait peu de moi, son attention tournée vers l'orage menaçant. Ma tante nous avait pressés de partir très vite, une grosse nuée menaçait, nous avions juste le temps de rentrer chez nous. Mon père hésitant avait pris le pouls des nuages puis décidé de gagner l'orage de vitesse, après tout ce n'était qu'un orage, la voiture protégeait de la foudre.

Nous avons roulé un quart d'heure, sous un ciel de plus en plus bas, de plus en plus sombre. Mon père tentait d'évaluer nos chances de passer entre les gouttes, s'amenuisant au fur et à mesure que le vent se levait. La route, aménagée sur une levée de terre entre les champs et les prairies, laissait prise au vent furieux qui commençait à cingler la carrosserie. Il fallait arriver au bout, au passage à niveau où s'amorçait une légère descente et un creux où nous serions mieux protégés. En une fraction de seconde, le paysage était déboussolé, des nuées de poussière s'abattaient sur la petite auto, des tuiles traversaient la route comme des obus à l'horizontale, devant, derrière, pas sur nous, pas encore. Dans un champ à gauche de la route le toit de tôle d'un hangar montait au ciel, soufflé des entrailles de la terre, les meules de paille jusque-là entassées au cordeau jaillissaient en jets, catapultées pour retomber éparpillées, très loin, ou écroulées sur elles-mêmes.

Les arbres n'avaient plus de feuilles, envolées par brassées tourbillonnantes, les branches dénudées des arbres ressemblaient aux mains des squelettes, le ciel strié d'éclairs illuminait des scènes retombant aussitôt dans le noir, où était l'interrupteur fou ? Pas une goutte de pluie, pas le picotement rassurant des gouttes sur le toit de l'auto.

Le vent s'engouffrant sous le capot triangulaire la souleva presque à la verticale, la fit pivoter, la laissant retomber en sens inverse, avant-arrière comme un insecte torturé. C'était mieux que les autos tamponneuses.

Mon père jusque-là concentré pour garder le contrôle de sa voiture me dit qu'il fallait obéir au vent, se laisser aller dans le sens qu'il voulait, que c'était là notre seule chance. Cent mètres à peu près poussés par le vent, son hurlement dans les oreilles, les éclairs zébrant un ciel comme rempli d'électricité, c'était un rêve. Mais l'arbre immédiatement à notre droite s'abattait dans un grand craquement suivi d'une série de miaulements, comme une portée de chatons. Un grand arbre, bordant depuis des années le chemin des hommes, nous barrait la route et mon cœur a follement battu. J'ai eu mal pour ce géant allongé comme un animal mort.

Mon père était là

À mon père qui voulait me rassurer, je dis que je n'avais pas peur. Il était là, rien ne pouvait m'arriver. Lui trop occupé à maîtriser son volant, n'avait pas eu le loisir d'avoir peur. Le vent était tombé, nous allions reprendre la route dans l'autre sens. Sur les talus, d'autres arbres abattus. Nous étions forcés de prendre un embranchement pour faire un long détour au milieu d'arbres gisants, de tuiles brisées, de piquets arrachés traînant des bouts de fils barbelés, de hangars dévastés. Les gendarmes se relayaient au bord de la route, puis nous avaient indiqué les petites routes à prendre, étonnés que nous nous en soyons tirés à si bon compte. Moi je m'étais bien amusée. Nous avions perdu le sens du temps et su plus tard que le chaos n'avait duré que quelques minutes. Les journaux l'appelaient la tornade du siècle.

Ma mère voyant de loin l'orage avait sans inquiétude pensé que nous l'avions laissé passer, à l'abri chez sa belle-sœur. Pas de mal, pas de peur.

Chapitre 12

TU ES TRANQUILLE. Calme. Discret. Tu penses l'avoir toujours été. Tu emploies peu le mot toujours. Il ne s'est rien passé avant ce baiser de ta mère sur ton front. Tes frères, tes sœurs, ton père étaient là mais tu as tout oublié de vos bagarres ou de vos jeux. À ton retour, tu as retrouvé tes sœurs sans surprise mais aussi sans souvenir. Tu as tiré un trait sans le vouloir sur tes dix premières années. Au point que sur la foire annuelle que tu ne loupes jamais, cette foire créée du Moyen Âge dans un village à mi-chemin de celui où tu es né et de ta cité, c'est ton instituteur qui t'a hélé quand vous vous êtes croisés, et non l'inverse. Habituellement, les enfants reconnaissent ceux qui leur ont appris à lire et écrire, pour qui ils sont une masse interchangeable de gamins. Pour toi c'est l'inverse. L'instituteur ne te disait rien. Ta fille cadette, avec laquelle tu parcourais les allées, aurait aimé des détails, des anecdotes. Tu n'as pu donner que des réponses évasives, car réellement, tu ne sais plus rien de toi écolier.

Il arrive pourtant que dans certains moments de complicité avec ta fille, cet enfant revive, redonne à ton corps, tes yeux, ton sourire, cet élan profondément enfoui. Tu acceptes ce bonheur sans t'étonner de retrouver comme s'ils dataient d'hier les gestes et les rires du galopin qui dort au fond de toi. Quand, en balade par un après-midi d'hiver, tu précipites Alice dans la neige en faisant virer sec la luge et que pliée de rire elle ne peut plus se relever et qu'enfants et parents hurlent et trépignent en chœur. Quand tu chantes à tue-tête dans la Coccinelle de ta belle-sœur, fais le clown au pique-nique, chantes « Combien pour ce chien, dans la vitrine ? » le jour de la communion solennelle de ta fille aînée sous l'œil réprobateur de ta femme. Et chantes et rythmes et danses le paso-doble, le tango, la marche autour de la table, pour que tes filles sachent se tenir sur une piste de danse. À ce stade tu te reconnais, aimes te retrouver jeune homme, sourire conquérant et menton hollywoodien. Tes filles adorent, Alice rajeunit de dix ans, quinze ans. Moments vibrants précieux comme des trésors, rares et forts comme des illustrations illuminant les pages d'une vie à pas de loup, apprise à la marge d'autres vies. Ta place est la tienne, faite sans déranger.

Tes silences ne t'empêchent pas de rêver et de réaliser tes rêves, modestes, à la mesure de tes moyens. Tu gardes pour toi tes confidences, tes colères sourdes sont sans éclats, tu dis tranquillement quand quelque chose ne te convient pas, ou laisses parler pour toi les haussements fatigués de tes épaules.

Tu sais que si besoin ce calme laisse la place à l'action. Le jour où ta fille cadette a déboulé en ébullition dans la cuisine pour te raconter que sa meilleure copine venait de partir sous ses yeux je ne sais où sur le porte-bagages d'un inconnu, tu l'as crue immédiatement, fait répéter uniquement pour agir vite et bien. Alice et toi avez fait à la minute un plan d'action : elle et la belle-sœur de la petite la récupéreraient, toi tu rassemblerais des hommes pour vous charger du type. Tu ne sais plus comment, à une époque où dans le quartier le seul téléphone était celui de la boucherie, tu réunis un groupe de gars décidés, tu sais juste que tu l'as fait parce qu'une enfant était en danger. Puis le coupable retrouvé, tu obtiens de ces hommes dont certains sont des pas commodes qu'ils ne touchent pas un seul de ses cheveux avant de le remettre entre les mains des gendarmes. Puis tu retournes, devoir accompli, reprendre ton rasage interrompu et rassurer ta fille, sachant qu'il n'est pas utile de commenter l'aventure. Tu lui fais confiance pour comprendre qu'il faut tout mettre en œuvre pour empêcher le mal de se faire, mais qu'il existe des limites. Aux pompiers d'éteindre l'incendie, aux gendarmes de se charger des coupables.

En ne dramatisant pas, tu inscris cet événement dans le cours de la vie, pleine d'incertitudes où rien n'est jamais gagné, ni perdu. Fruit de ton dur apprentissage, conclusion simple livrée comme un cadeau à ceux qui t'entourent.

De là ton calme dans la tempête. Chaque coup dur te ramène à ces moments sombres où tu as cru voir la terre s'ouvrir devant toi et où, par miracle ou par hasard, tu t'es retrouvé sur l'autre rive, sans avoir fait quoi que ce soit. Battre des bras, élever la voix, s'agiter ? Tu sais que ça ne sert à rien. Tu continues, comme la nuit dans l'étable, comme au retour de l'enterrement de ta mère, comme devant le soldat de ton âge qui testait ta résistance, à rester de marbre pour voir encore l'instant d'après, puis le suivant, et les autres.

Tu exprimes rarement un doute, n'agis qu'après réflexion. Parfois choisis de ne pas agir, comme ce jour où tu as laissé la tornade décider du sens de ton chemin plutôt que la braver. Toi et ta fille êtes sortis intacts, ce qui n'était pas gagné. Tu t'écoutes. Peu importe que le maître d'école n'ait pas oublié le gamin plus présent aux champs qu'à l'école. Le gamin a appris, certes pas les leçons du maître mais à s'écouter, prendre son propre chemin et s'en trouver bien. Pourquoi « s'en contenter » évoque un manque, une fin jamais conclue ? Tu ne te « contentes » pas. Tu es content. Tu te moques de n'avoir pas grand-chose. Les objets ne t'intéressent pas. Tu leur préfères la sensation d'avoir mené à bien la tâche que tu t'es fixée.

Chapitre 13

MON PÈRE DORMAIT. Avant, il avait mangé seul, vite, à sa place habituelle au bout de la table. La dernière bouchée à peine avalée il avait repoussé du dos de sa main droite assiette, verre, couvert puis le front sur ses mains superposées sur la table s'était endormi instantanément. J'étais petite, lui jeune encore quand j'avais remarqué le petit rond de crâne à nu au sommet de sa tête, à l'endroit où il ne faut pas toucher les bébés tant que les os ne sont pas soudés. C'est un endroit fragile, c'est la fontanelle, c'est je crois dans ce petit creux à peine protégé par la peau que le curé verse l'eau du baptême. Je crois. Je n'ai jamais posé la question à ma mère. Je ne voulais pas lui dire, surtout pas, que mon père me faisait penser aux bébés, que je l'imaginais bébé. Il avait bien dû l'être. Aucune photo de lui n'existait avant la photo des conscrits. Comme s'il n'avait pas existé. Mon père au sommeil de bébé, à la seule différence qu'il ronflait. C'était comme un roulement très doux partant du fond de son nez, gagnait sa gorge, peu à peu enflait, enflait jusqu'à envahir la pièce dans laquelle se prenaient les repas sauf le petit-déjeuner, se faisaient les devoirs, le repassage, la couture, le tricot, la pièce où tous ensemble nous passions nos soirées.

Une semaine sur deux, entre une heure et demie et deux heures moins le quart de l'après-midi, elle était réservée à la sieste de mon père, dormant comme un bébé, plus lourd dans son sommeil comme si à demi couché sur la table son poids l'entraînait vers le bas, alourdi, épaules et nuque abandonnées. Mon père en pâte à modeler. Un poupon au souffle assez puissant pour faire trembler les murs, lui qu'on entendait si peu lorsqu'il était réveillé. Il n'avait pas besoin de demander le silence. Je savais sans explication que ce moment de sommeil était sacré, indispensable. La pendule accrochée au mur continuait à marquer un temps qu'on ne remarquait plus, qui sans elle se serait évanoui, arrêté, au point qu'on n'aurait pas su à quelle heure le dormeur ouvrait les yeux, s'ébrouait, remontait d'un geste la mèche de cheveux tombée sur le front, reprenait le cours des choses. Assise par terre à côté du poêle froid en été, ou derrière bien au chaud en hiver, je me laissais aller dans le roulis du ronflement jusqu'à ce que mon père, sans crier gare, se redresse, remis à neuf, allume ses yeux d'un sourire, fasse crisser sa barbe d'un geste machinal.

C'est là qu'il sortait réellement de l'usine, remettait un pied dans sa vraie vie, dont je me considérais comme un membre important. L'usine était un lieu bruyant, gigantesque, où il passait des heures avec des inconnus qu'il évoquait parfois, où il fallait crier pour se faire entendre, un lieu où, à l'exception de quelques infirmières

Mon père était là

et secrétaires, seuls les hommes avaient le droit d'entrer. Les infirmières venaient aussi à la maison soigner les petits bobos et faire les piqûres en cas de besoin. Elles semblaient connaître mon père, ça m'énervait.

Pour aller à l'usine il portait des bleus de travail en coton bleu, veste et pantalon, raides comme la justice, une armure quand ils étaient neufs, que les lessives et la soude se chargeraient d'assouplir et de décolorer. J'en ai toujours aimé la coupe et la couleur. Ma mère, le lundi, les lavait à la main dans le grand bac en pierre qui servait aussi au bain du dimanche. Le blanc bouillait dans la lessiveuse et donnait à la petite pièce où elle lavait et cuisinait, que nous appelions buanderie, une atmosphère tropicale saturée d'humidité et de chaleur. La pièce plus grande, celle de la sieste de mon père, dans laquelle nous passions le plus de temps, nous l'appelions cuisine. Les lundis d'hiver, quand il faisait trop froid pour que le linge sèche à la cave ou dehors, au-dessus des bordures du jardin, ma mère l'étendait à la cuisine sur des fils accrochés pour l'occasion entre deux murs. Les draps nous frôlaient au passage comme des linceuls mouillés.

Mon père, sa sieste finie, se faisait propre et beau, agitait blaireau mousseux et rasoir, je guettais le moment pour embrasser ses joues lisses, tièdes, brillantes. J'avais oublié son baiser du matin, furtif, dans mon demi-sommeil, après son lever silencieux à 4 heures du matin. Ce baiser je l'avais découvert au petit matin d'une nuit de grippe, quand réveillée par la fièvre j'avais vu mon père se pencher sur moi. Je me souviens du sentiment de sécurité éprouvé sous ce baiser silencieux. Nous n'avions pas parlé, avions échangé un regard sans sourire. Après qu'il avait quitté la chambre la sensation de sécurité était tombée dans un abîme, un puits sans fond où j'avais pris en même temps conscience de la violence de l'affection qui m'attachait à lui et de la peur tout aussi violente qu'un jour il ne soit plus là. J'avais 6 ans peut-être, 7 ans. Je me suis mise à aimer mon père d'un amour intranquille, ombré de la certitude de sa disparition, redoublé de cette certitude. C'était une « semaine du matin ».

Les semaines « d'après-midi », mon père mangeait avec nous à midi, sans s'attarder, déjà un peu absent, déjà tourné vers l'usine, déjà en bleu de travail. Encore frais rasé, il nous quittait, avec dans sa musette à l'épaule le casse-croûte qu'il avait soigneusement préparé, qui serait son repas du soir. Tranches de pain, saucisson, sardines en boîte, peut-être quelques fruits, c'était pour l'autre vie, partagée avec ces inconnus dont je ne connaissais que quelques noms – Berner, Savoldeli – et quelques blagues, les accents, quelques expressions en français hésitant, chacun les siennes, selon le pays d'où il était arrivé il y avait quelques années, où il ne retournerait jamais, dont il avait, souvent, oublié la langue sur laquelle il butait aussi. Le ton de mon père montrait à voir le désarroi de ces hommes orphelins de leur langue, éternels

Mon père était là

apprentis d'une autre et sa conscience d'avoir sur eux l'avantage de n'avoir pas vu s'ajouter celui-là à tous les apprentissages de sa vie d'ouvrier.

Les semaines « d'après-midi » j'attendais son retour passé 21 heures, avant d'aller me coucher. L'hiver, volets fermés, il signalait son arrivée par deux petits coups de sa sonnette de vélo. Dring dring. Silence. Nous suivions son parcours toute conversation suspendue. Il descendait l'escalier pour ranger son vélo à la cave, dans la première pièce sous la buanderie. Puis traversait les deux pièces suivantes (le plan de la cave était calqué sur celui de la maison) pour arriver au bas de l'échelle de meunier en bois qui montait à l'entrée principale. Porte ouverte, fermée. Traversée en deux pas de la petite entrée, avant de tourner sans bruit la poignée de la porte de la cuisine, puis, lentement, la porte. Nos cœurs battaient. Et si ce n'était pas lui ? Jusqu'à l'âge de 12 ans au moins, une semaine sur deux tous les soirs aux alentours de 21 h 15 de septembre à Pâques mon cœur a battu la chamade.

Mon père arrivant du travail n'était pas celui qui y était parti en début d'après-midi. Souriant d'un sourire plus faible que celui du matin, marchant d'un pas plus lent qu'à l'heure où il était parti, comme portant encore sur ses épaules le poids des sacs de soude trimballés, entassés pendant presque huit heures d'affilée, moins trente minutes pour le casse-croûte, m'embrassant d'un baiser plus distrait, piquant, il raserait demain ses joues noires de barbe. Il enlevait très vite ses vêtements de travail et je montais au lit tandis qu'il se lavait rapidement à l'évier.

Je connaissais la suite, dont je ne ratais aucun détail ou me passais le film pour m'endormir, selon que j'allais ou non à l'école le lendemain. Mon père allait s'asseoir, jambes croisées devant la radio pour suivre en famille l'émission commencée. En hiver, avant de s'asseoir il éplucherait des oranges dont il poserait les quartiers sur une assiette. En été nous étions dehors quand il rentrait. J'aimais tant ces soirées à chuchoter et respirer la nuit, assise sur l'escalier encore tiède, que je restais dehors, me contentant de tendre l'oreille et d'imaginer, abandonnant mon père à l'intérieur de la maison, en me persuadant qu'il comprenait.

Puis il ferait glisser d'une fiole au bouchon de verre, dans le creux de sa main gauche, une unique goutte de glycérine, ronde, dense, opaque. Peau sèche contre peau sèche, ça grattait les oreilles comme la paille de fer sur le fond des casseroles. Puis d'un lent, profond, patient massage il abreuverait sa peau, sans oublier ses ongles, jusqu'à ce que dans un bruit de caresse mouillée, ses mains glissent parfaitement l'une contre l'autre. C'est ainsi qu'il défendait des attaques de la soude caustique manipulée au travail la douceur de ses mains. Tous les soirs que Dieu fait il leur consacrait religieusement ce moment de soin. J'ai ce rituel en héritage et tous les soirs que Dieu fait pense à lui.

Chapitre 14

Au bout de tant d'années l'effet est toujours le même. Chaque fois que tu enfiles un bleu de travail neuf, veste et pantalon, c'est la première fois. Chaque fois la raideur du coton t'étonne : pourras-tu bouger, mettre un pied devant l'autre, lever un bras, lever les bras, te pencher ? C'est une armure, une carapace. Tu penses à ces insectes des champs qui s'ils sont retournés sur le dos ne peuvent plus retomber sur leurs pattes. Tu penses à la vie militaire, à l'uniforme, même raideur et cependant coupé pour bouger. Le bleu de travail lui aussi, malgré les apparences, est confortable, il est fait pour travailler. Tu connais la musique. Pourtant à chaque fois tu reprends les essais, bras levés, bras devant, marche, dos en avant, accroupi. Tu vas t'y faire, tu t'y fais très vite à ces habits bleus. Même tu les aimes. Leur couleur te plaît. Bleu de France, ou de Prusse, voilà que tu ne sais plus dans quel bleu tu travailles, ce qui n'a pas d'importance puisque dès le premier lavage la couleur va commencer à s'estomper, la décoloration se mettre en œuvre.

Le petit vélo qui s'était mis en route dans ta tête en te regardant dans ton uniforme raide de travailleur s'arrête de rouler très vite. Derrière ta silhouette bleue pas de jeune paysan caché. Ton histoire est là, à l'usine. Le martial bleu de France ou de Prusse passera à un bleu moins vif, moins profond, plus terne, puis au bleu clair, celui que tu préfères, dont tu attends l'arrivée. Pendant quelques mois tu fais corps, couple, avec l'habit. Vous vous épousez, vous reconnaissez. Plus souple, moins éclatant, plus fidèle à tes mouvements, plus doux à ta peau. Vie d'un bleu de travail comme un déroulé de calendrier. Sa vie rythme la tienne, tes souvenirs s'accrochent aux variations de ses teintes plus qu'à celles des saisons. Bleu neuf quand ton père est mort. Bleu blanchi à la naissance de ta fille aînée. Tu ordonnes tes saisons personnelles, colores chaque événement, peins ta palette privée dans laquelle tu voyages en secret, familier des risques encourus, rompu aux bobos quotidiens, crevasses, coupures, écorchures qu'il faut cacher des morsures de la soude. Tu as appris à esquiver les obstacles, sacs de soude dégringolant sur l'épaule à la briser, course d'un wagonnet fou déboulant sur les rails. Les ateliers d'une hauteur de trois maisons superposées, les machines trapues aux grondements de monstres, les poutres métalliques qu'on se casse la nuque à voir là-haut. Fracas des wagons métalliques, moteurs vibrants, ronflants, prêts à cracher le feu. Les voix des hommes, poussées au maximum pour se faire entendre du plus proche voisin. Périmètre à un mètre de côté, devant, de dos. Au-delà, tes compagnons de chaîne sont inaudibles, silhouettes nimbées du blanc bleuté de la fine poussière de la soude. On se retrouve, se reconnaît, au moment du casse-croûte.

On sort de sa musette de quoi récupérer, on échange parfois saucisson et fromage. Les langues se délient, on s'étire, on apprend à se connaître, à se repérer, à voir sur les mains de l'Italien, du Tchèque, du Polonais, les crevasses brûlées du feu sournois de la soude. Mêmes peaux, mêmes maux. Mêmes enfants, mêmes soucis, mêmes projets.

L'usine est ton monde personnel que même ta femme ne peut imaginer. Tu vis huit heures par jour dans le ventre du monstre, un univers où tu retrouves tes habitudes, tes copains et au-delà de la fatigue et des muscles fourbus quelque chose qui ressemble à de la fierté, le sentiment de faire partie d'un monde utile, qui avance, en construction.

Huit heures par jour et plus, dès que tu te lèves, sur le chemin d'aller et de retour, en arrivant à ta porte, l'imprononçable, l'invisible t'accompagne, le sentiment diffus de la peur qui ne dit pas son nom. L'usine est un lieu dangereux, le risque non seulement réside dans la manipulation de produits chimiques et plus encore dans la combinaison de certains produits entre eux qui peut provoquer une catastrophe à des kilomètres à la ronde, explosion, échappement de gaz toxique. La menace vaut pour tous ceux qui travaillent ici, cols bleus, cols blancs, blouses blanches et y habitent, autour, dans la cité. Les accidents graves sont rares, les consignes de sécurité respectées. Quand il se fait entendre le chant lugubre de la sirène d'alarme tord tous les estomacs, attire aux grilles d'entrée une foule que l'angoisse rend muette.

Avoir deux filles et pas de fils est un de tes grands bonheurs. L'usine n'embauchant que des hommes à de rares exceptions près, le problème est réglé. Ce qui veut dire qu'elles partiront, que tu ne les verras grandir que jusqu'à l'adolescence. Tu ne veux pas comme certains copains avoir un gendre qui travaille à l'usine. Même chef d'équipe, même ingénieur. Parfois tu te trouves bizarre, d'aimer l'endroit et la cité, d'aimer la vie que tu y mènes et de vouloir à tout prix que tes filles s'en éloignent. Aucune vie ne se vit sans peur mais celle-là, permanente, celle qui ne décolle jamais de tes pensées, tu ne la souhaites pas pour elles. Tu ne t'attristes pas de leur éloignement prévisible, Alice et toi êtes d'accord depuis toujours au sujet du départ des enfants. Ils doivent quitter le nid. Un mot qui ne t'évoque rien dont tu as mis le meilleur de toi à imaginer le sens et le rendre réel. Et puis vous retrouver à deux est une idée plaisante.

C'est dans cet équilibre que tu te trouves. L'usine, le travail de force, une médaille à deux faces, un univers qui n'est qu'à toi, la satisfaction de gagner ta vie et celle de ta famille. Ta famille, ta femme dont les épreuves ont prouvé la solidité, tes filles, ta maison, ton jardin, le printemps quand tu grimpes cueillir les cerises sous les yeux admiratifs de tes filles, la petite frissonnante et crispée à l'idée que tu puisses tomber mais t'encourageant à monter plus haut.

Les semaines « du matin » levé avant le jour, à demi endormi, tu pousses en silence la porte de ta chambre, traverses en silence le palier au-dessus de l'escalier jusqu'à la porte de la chambre des filles en face de la tienne. Pas de loup, baiser léger sur leurs fronts avec l'idée que chaque jour est peut-être le dernier. Pas de loup encore pour descendre l'escalier du premier à la cuisine, petit-déjeuner rapide, une soupe en hiver quand le feu mourant ne réchauffe plus la maison. Tu ranimes les braises avant de partir dans la nuit, musette à l'épaule, rejoindre d'autres ombres sans voix sur leurs vélos pour pédaler jusqu'à la grille de l'usine et vous épailler vers vos postes.

La plus jeune de tes filles, une nuit où tu l'as malgré toi réveillée, t'a arraché le secret de ce baiser du matin. Sa gravité devant cette découverte t'a étonné. Tu lui as expliqué à ton retour le jour même, après ta sieste, que tu ne manquais jamais cette étape à ton réveil. Tu sais qu'elle en a compris l'importance. Saisie, elle t'a précisé que puisqu'elle dormait elle ne pouvait pas te le rendre, tu voyais ses efforts pour trouver une solution à ce déséquilibre. Ne sachant pas lui dire que tu ne demandais pas de retour, tes yeux dans les siens ont suffi, ta fille avait mûri d'un coup, le vent de bonheur t'avait traversé.

Mon père était là

À chacun de tes retours, « du matin » ou « d'après-midi », tu te dépouilles d'abord de ta peau de coton bleu, te restaures, te laves pour redevenir un autre homme. Tu ne penses pas « redevenir toi-même », tu penses « autre homme ». Seconde vie, de père et de mari dans laquelle tu te glisses comme dans une eau fraîche, qui te dénoue, t'apaise, t'aide à tenir sur l'autre versant. Le regard confiant de ta fille gomme ta fatigue et rend léger le secret de ton autre vie. Jamais tu ne lui diras les retours épuisés, les envies de rester au lit, de ne pas y aller. Le plaisir de lui refaire soir après soir la litanie de la même lecture dont l'absence te manquerait, d'attendre avec crainte parce qu'elle te fait un peu mal mais qu'elle t'est indispensable sa bise bruyante dont elle t'emplit l'oreille, inventée pour toi. Sans un mot pour ne pas laisser passer l'émotion, tu pinces légèrement les lèvres pour qu'elles ne tremblent pas. Ta fille, yeux dans les yeux, tire sur tes oreilles, te fait rire, tu lui dis qu'il est temps d'aller dormir.

Chapitre 15

MON PÈRE NE CONNAISSAIT, pour s'habiller, que deux couleurs : le bleu, le jaune. Le premier du blanc bleuté des « belles chemises », celles des mariages, enterrements, communions au bleu marine des polos de jersey qu'il portait beaucoup, en passant par le bleu des bleus de travail, les cotons clairs des chemises d'été, les lainages plus sombres d'hiver et les flanelles à carreaux des chemises « de tous les jours ». L'autre allait du beige neutre au marron chocolat, en passant par des bis, des pain brûlé, des marron clair. Son gilet de camionneur tricoté à la main, noir moucheté de blanc, à col roulé et grosse fermeture éclair était « mon gilet », ses gilets plus fins enfilés aux heures fraîches sur ses chemises de coton n'avaient pas de couleur, seule leur fonction les désignait.

Les vêtements de mon père étaient rangés dans l'armoire des parents, dans leur chambre, qu'un petit palier séparait de celle des enfants. Mon père ouvrait la porte de « son côté » de l'armoire et planté face à la glace en pied du milieu, examinait ses pantalons, polos, pulls, sur cintres ou pliés qu'il semblait découvrir à chaque séance. Après réflexion, il appelait ma mère restée à l'étage du dessous : « chou, je mets ma chemise bleue ? Mon tricot jaune ? » À ma mère, selon le ton, l'intonation, l'utilisation prévue, d'interpréter de quel bleu, ou quel jaune, il s'agissait. Elle n'interrompait pas ses activités pour réfléchir. Les échanges étaient parfois longs, les réponses ne convenant pas aux questions, c'était comme une musique connue par cœur, attendue, rassurante, des mots montant et descendant les marches bien cirées de l'escalier, allant de l'un à l'autre, chacun sachant quelle serait la tenue finale. Il leur fallait pourtant s'interroger, écouter les hésitations et les silences de l'autre, émettre un doute et un sourire content quand enfin la tenue était définie.

Le petit nombre de ses vêtements aurait pu permettre de régler la situation en deux temps trois mouvements, d'autant qu'à chaque destination ou à peu près correspondait une tenue. Courses ou promenade en ville avec cravate, promenade en famille en polo, veste ou gilet, canadienne pour faire du vélo. Mais le plaisir, le plaisir toujours recommencé de s'habiller, où serait-il passé sans l'attente et les allers-retours ?

Sorti des bleus de travail, mon père portait en hiver des pantalons gris ou bruns de diverses nuances, à une époque très larges, à pinces, montant bien plus haut que ce qu'il est convenu d'appeler « la taille ». Plus tard les pantalons, moins larges, auraient des revers. J'ai oublié de quelle étoffe étaient les pantalons d'été, de quelle couleur. Ils se portaient sur des tennis de toile blanche ou des sandales à larges lanières que je trouvais particulièrement seyantes, faisant imaginer des jambes de légionnaire romain repérées dans les dessins du catéchisme. L'été, pendant ses vacances, mon père avec ses tennis et ses gilets portés manches roulées, déboutonnés sur une chemisette blanche ressemblait aux acteurs en photo sur « Cinémonde ». J'étais fière de lui, pas bluffée par les héros hollywoodiens, j'en avais un à la maison.

Il prenait soin de ses chaussures, toujours cirées. En toutes saisons sauf aux très chaudes, c'étaient toujours les mêmes, en cuir solide et semelle épaisse, à lacets, sans fioriture. Les espadrilles annonçaient le farniente, la nonchalance, elles n'étaient en service que dans un périmètre restreint, autour de la maison. Pour jardiner, il avait, tout comme ma mère, des sabots de bois taillés sur mesure par un artisan-sabotier, il n'y avait d'après eux rien de mieux. Je trouvais les sabots particulièrement inconfortables, durs, rigides. J'avais tort, c'était paraît-il le comble du confort et la trace ultime et non reniée des origines paysannes de mes parents.

Les échanges « jaune ou bleu » étaient réservés aux fins de semaine, aux jours sans travail. La semaine l'activité « garde-robe » était plus réduite, plus rapide, moins commentée.

Deux fois par jour, à l'aller et au retour du travail, mon père changeait de peau, enfilant ou se dépouillant de ses bleus. Chez lui il devenait un autre, portant une tenue « propre » dans une palette identique à celle des moments moins ordinaires. Tout était en harmonie, bruns et bleus se fondant ou se mariant sans heurter l'œil. C'était une palette rassurante, l'art de la tranquillité sans intention de la créer.

L'été venait le temps des « chemisettes », terme désignant des chemises à manches courtes, coupées au niveau supérieur du coude. « Chemisette » signifiait plus que le printemps, déjà l'été, cotons légers. J'entendais voilages, brise, ailleurs. Nous ne partions pas en vacances, les « chemisettes » nous emportaient au loin, gonflées comme une voile, allongés mollement sur un nuage bercé par le vent. « Chemisette », en prononçant le mot je voyais s'envoler mon père, porté par un courant d'air chaud, très haut au-dessus des fils électriques, aussi haut que les planeurs venus du terrain d'aviation d'à côté, qui rayaient de blanc le ciel bleu, d'un trait silencieux qui dessinait nos rêves.

Pour être à moi mon père devait avoir quitté ses bleus de travail qui, comme leur nom l'indiquait, venaient d'un univers étranger, d'une autre vie à laquelle j'étais imperméable tout en sachant sa nécessité. J'ai su très tôt que le travail permettait de vivre. L'argent concret, billets, pièces, crissait, sonnait, se pliait, passait de main en main. Mon père quand il touchait sa paye la remettait à ma mère, chargée de gérer le budget du ménage. Le facteur passait chaque mois à la maison remettre l'argent des allocations familiales, en billets et en pièces. J'économisais dans ma tirelire les petites pièces glanées çà et là et quand je faisais les courses du type pain, lait, journal, je rapportais la monnaie exacte, que j'avais recomptée.

Bleus, argent, nourriture, vêtements, achats saisonniers obligatoires comme les chaussures, exceptionnels comme un petit sac à main pour aller à la messe étaient en lien de façon évidente avec le travail. Plus tard, je grandirais, mon père vieillirait, ses traits lentement se tireraient, comme si petit à petit il s'usait avant de s'effacer. Le vêtement s'effacerait derrière les épaules de plus en plus tombantes, les poignets amincis, les mains amaigries. L'usure du corps dirait tout du travail en m'éclairant sur la condition de mon père et me faisant lire la société d'un regard dessillé.

Durant l'enfance mon regard était autre. Ses bleus de travail abandonnés en un petit tas misérable, mon père fermait la porte, délaissant sa peau bleue pour l'armure de cuir griffé et patiné de sa canadienne comme un rempart à mon unique usage, la maille d'un gilet tricoté à la main, juste assez rêche pour que la pêche de mes joues d'enfant y reconnaisse l'autre.

À la belle saison, il lui suffisait d'une chemisette à manches courtes pour redevenir un jeune homme. Et pour sortir, aller « en ville », à la fête foraine, ou quelque part hors de l'ordinaire, la cravate était toujours là et la veste à peine cintrée, fermée par deux boutons, y compris pour aller à la séance de fin d'après-midi au cinéma, le dimanche.

Mon père, quand il se faisait beau, devenait une image d'autant plus précieuse que je la savais éphémère. L'occasion, rare, de sortir sa chemise si blanche qu'elle en paraissait bleue était nimbée du mystère des événements notables : mariage, enterrement, communion solennelle. Mon père alors m'était presque étranger. Je ne m'en inquiétais pas, sachant qu'à son retour, desserrant d'abord sa cravate en soupirant d'aise, il remettrait très vite veste et pantalon sur leurs cintres et la chemise en boule au sale. J'avais de loin photographié la transformation, pressée de retrouver à ras de mon nez sa main en gros plan roulant d'un geste sa manche de chemise sur son avant-bras qui commençait à brunir avant que sa couleur pain d'épice ne signale la presque-fin des vacances d'été. C'était la saison où son cou-de-pied étroit et fin dans ses espadrilles trahissait sa sensibilité, la saison où mon cœur percevait chez mon père ce jeune garçon encore étonné d'être celui de la photo.

Il est sorti du bois quand pour fêter mes 19 ans et mon entrée dans la vie active, mon père a tenu à m'offrir un tailleur. Événement marquant car il avait délégué depuis toujours à ma mère le soin d'habiller ses filles. Ce jour-là, dans le magasin le plus chic de la ville, assis sur un tabouret près des cabines d'essayage, il a assisté en maître au choix du vêtement qu'il me destinait. Plus qu'assisté, il a dirigé les essais, disant clairement ce qui, ou non, lui plaisait, déplaisait, en quelque sorte parlant chiffons. Ce vêtement de femme, qui en me vieillissant m'embellissait, faisait apparaître à mes yeux celle que je pourrais devenir si je jetais aux orties mes désirs de liberté. Mon père, assis sur son tabouret qui prenait en la circonstance l'allure d'un trône, me projetait telle qu'il m'avait rêvée, et construite à ses yeux. Toujours habillée en dimanche, stricte mais douce, sérieuse sans sévérité. Rose poudré, en velours milleraies, le tailleur avait une jupe droite arrêtée à la base du genou, une veste longue, cintrée, à boutons croisés, qui marquait ma taille et mes hanches en donnant une touche féminine sans ostentation. Le tailleur coûtait une fortune, mon père tenait à me l'offrir. Je l'ai tout de suite aimé tout en voyant en lui une sorte d'uniforme, d'affirmation décalée d'une femme que je n'étais pas mais qui pourrait, sait-on, se mettre à exister.

Je l'ai peu porté, mais toujours avec plaisir. Il était comme un modèle, le rêve pour lequel s'était usé mon père et que je ne devais pas décevoir, tout en rusant pour ne pas en être écrasée. Il m'a suivie dans mes déplacements, je le caressais comme un rêve à atteindre ou comme un souvenir, selon les aléas du jour, le cœur serré, toujours. Son prix me retenait de l'abîmer. Si je n'ai pas usé mon beau tailleur dans les bureaux, il a su parfois me donner la prestance et l'autorité pour imposer ma présence et ma volonté. J'ai usé jusqu'à la corde les merveilleuses chaussures à talons et lanières en cuir de veau bicolores censées être portées avec lui. Avec elles j'ai marché, j'ai couru, j'ai monté des marches, en ai descendu, ai dansé, découvert que j'avais des jambes et que mes chevilles étaient fines.

Quand j'ai ouvert le rideau de la cabine d'essayage et marché vers mon père c'est la fille d'un roi que j'ai vue dans ses yeux, le jeune homme sortait de la photo, le conscrit avait réalisé ses rêves.

Chapitre 16

Tu te sens chez toi dans ces cabines d'essayage. C'est la première fois que tu entres dans ce monde jusque-là mystérieux si éloigné du tien que tu ne l'avais jamais imaginé. Il a suffi que tu accompagnes ta fille pour qu'on te laisse entrer, assis du bout des fesses sur un petit tabouret avancé par une vendeuse, tout au bout d'une rangée de six cabines fermées chacune par un rideau. C'est à la fois troublant et familier, ces bruits de chaussures qui tombent, de fermetures éclair qu'on monte et descend. C'est calme et affairé en même temps, l'air est rempli de l'électricité caractéristique des lieux où se font des choix. Il ne faut pas se tromper, pas se laisser séduire trop vite, peser le pour et le contre, pour ne pas regretter. Le tabouret est placé de telle façon que tu ne peux, à moins de te tordre le cou, rien entrevoir de ce qui se passe dans les cabines, ce que d'ailleurs tu ne cherches pas à faire.

Tu as décrit à ta fille et à la vendeuse le tailleur que tu veux lui offrir. Contrairement à tes craintes, ta fille a tout de suite dit oui comme si tu lui offrais une deuxième émancipation. Tu ne sais pas où tu es allé chercher cette idée de tailleur. Alice en a un, réservé à des occasions un peu solennelles. Toi tu veux un tailleur à porter comme tu portes tes bleus de travail, tous les jours, avec un petit supplément qui lui donne un air de dimanche. C'est exactement ça : ta fille doit chaque jour s'habiller en dimanche, un dimanche qui pourrait être tous les jours. De peur de t'emmêler dans tes mots, tu ne lui as pas expliqué, te contentant de lui décrire, en gros, comment tu la voyais habillée. Elle a compris et accepté.

Tu ne perds pas patience, après le dixième essayage, puisque vous êtes elle et toi d'accord : ce n'est pas encore celui-là. Comme toi quand tu essaies sans lassitude devant la glace de ton armoire les habits que tu connais par cœur jusqu'à trouver ce que tu veux, ta fille est prête à chercher et trouver, enfilant, enlevant, éliminant, de face, de profil, de dos, impitoyable. Et tu découvres qu'elle ne se pardonne rien, ayant en tête l'apparence exacte qu'elle veut avoir, traquant le détail qui casse la ligne, la manche trop courte, le centimètre en trop au bas de la jupe.

Passent devant tes yeux tes longues conversations avec Paul, le tailleur, après le repas du soir. Paul, ancien prisonnier allemand dont le pays, la Silésie, a disparu dans la tourmente, n'est jamais rentré chez lui. Il est tailleur à domicile, faisant les manteaux, jupes, tailleurs, vestes pour femmes. Il passe quelques jours chez ses clients, qui mettent à sa disposition une pièce dans laquelle il peut fumer autant qu'il le veut, et lui fournissent ses repas. Paul a la main et les goûts sûrs, détaillant à celles qu'il habille les qualités que doit avoir un bon vêtement. Il rend ses clientes exigeantes et sûres dans leurs choix. À son école, qui s'ajoutait à celle de sa tante couturière, ta fille avait pris le goût des vêtements.

Aujourd'hui, entre les rangées de cabines, tu vois défiler ta vie, depuis ce matin chez ta sœur où ébloui tu t'étais découvert sur ta photo de conscrit jusqu'à ces vêtements qui avaient jalonné tes années, tu te rends compte que l'habit compte pour toi et de l'importance de ta présence ici. C'est toi, et pas sa mère, qui dois occuper cette place aujourd'hui comme si, d'un coup de crayon décidé, tu avais dessiné le fil de sa vie jusqu'à maintenant. Un peu abasourdi par une évidence toute neuve, les yeux baissés tu te laisses envahir par les souvenirs. Quand tu les relèves, venant de la dernière cabine, au fond à gauche, ta fille marche vers toi. Ta fille ? Une jeune femme qu'à peine tu reconnais, pourtant exactement semblable à celle que tu avais imaginée. Pourtant une étrangère. Les femmes de ton monde ne portent pas de tailleur, vêtements d'exception réservés aux cérémonies ou aux occasions rares.

Celui-là, que tu offres à ta fille, est confortable comme un vêtement du quotidien. Elle y bouge à l'aise. Ce si récent garçon manqué bouge dans sa jupe droite comme s'il – si elle – la portait depuis toujours. La couleur, peut-être, est un peu fragile, destinée à des métiers propres, qu'on fait dans les bureaux. Tu as des doutes et tu es fier, ce qui rend ton sourire timide et triomphant et fait craquer ta fille, qui n'ose te serrer dans ses bras, de peur d'abîmer le tailleur. Car tu n'as pas encore dit oui. Il se peut que le prix te fasse reculer, elle ne t'en voudra pas, le seul fait de l'avoir amenée jusque-là lui suffit, mais tu n'en resteras pas là. Sans sourciller tu paies, vous repartez bras dessus bras dessous, toi cravaté tête droite, elle fringante dans sa mini-jupe, le tailleur plié dans le sac qu'elle tient comme le saint sacrement, intimidée, ou incrédule, ne sachant pas si c'est un songe. Persuadé que rien ne t'échappe de ta fille tu ne vois pas que son sourire se fige imperceptiblement, le cœur un peu serré d'avoir, juste parce que tes yeux brillaient devant ton rêve accompli, jeté les siens aux oubliettes. Elle garde le silence, tandis que dialoguent dans sa mémoire le chien et le loup « attaché ? Vous ne courez donc pas où vous voulez ? Pas toujours, mais qu'importe ? Il importe si bien que de tous vos repas je ne veux en aucune sorte et ne voudrais pas même à ce prix un trésor. Cela dit, le loup s'enfuit et court encore ». Tu la vois frissonner sans comprendre que votre attachement viscéral lui coupe les ailes. Cloîtrée dans le tailleur de tes rêves elle ne pourra que te décevoir ou renoncer.

Chapitre 17

Q UELQUES SEMAINES AVANT LES GRANDES VACANCES, la vie prenait un goût et un parfum spécial, le temps se dilatait, la peau s'adoucissait. C'était d'abord, emplissant la rue, l'étourdissant parfum des acacias qui la bordaient des deux côtés, si proches les uns des autres que si nous prenions soin de marcher sur l'asphalte, un voile blanc parfumé frémissait, très haut, dont quelques pétales volaient au vent, se posaient sur nos cheveux avant de recouvrir le sol. En allant et rentrant de l'école, je m'arrêtais tous les dix mètres pour laisser cette suavité emplir ma gorge et mes poumons, s'insinuer dans les replis de mon cerveau, faire de mes organes un dessin en relief plus parlant que les planches plates d'anatomie punaisées sur les murs de la classe. Les graviers du trottoir prenaient un luxe oriental, les pétales parfumés voltigeaient, fermant les yeux je m'installais sur un tapis volant, le mot de « capiteux » me montait à la tête, j'apprenais mes leçons en état d'ivresse.

Prenant le relais de la rue venait juste après le tilleul géant comme une illustration de conte de fées posée dans la cour de l'école, autre couleur, autre parfum dont les mioches se soûlaient en entrant et sortant, à la récréation, à grandes goulées, grandes aspirations, les yeux voilés de ce vert tendre et éteint dont certains chercheraient plus tard à retrouver la subtilité dans le délavé d'un lin ou la transparence d'un rideau. Nous étions gais sous le tilleul, attrapant des pince-nez aux bractées collantes, nous fabriquant des souvenirs odorants dont surgirait la vie durant la trace intacte et fraîche. Le parfum du tilleul, d'où sourdait, sous son vert tout neuf, la présence d'un gris en devenir, nous parlait d'ici et d'après, du présent et de l'éphémère, de la puissance mêlée à la légèreté. Il ne durait qu'un temps, puis sec et friable servirait aux tisanes, insipides.

Oubliés tilleul et pince-nez, les fraises arrivaient dans les jardins, dans les assiettes, en confiture, écrasées et mêlées au sucre, donnant aux mouillettes de pain ce goût de printemps et d'été qui leur va si bien. Les fraises duraient longtemps. Sans nous en lasser nous n'en faisions pas tout un plat, juste un plaisir qui allait de soi. Il suffisait de se pencher, elles étaient aimables et faciles.

Plus rares étaient les cerises, dont nous guettions en nous cassant le cou le grossissement trop long, puis la maturation si lente, enfin l'épanouissement. Nous salivions, narguées par l'inaccessible. Depuis la chute des fleurs, nous prédisions nos bouches rougies, tachées, nos doigts salis. Les cerises se faisaient désirer de haut. Quelques branches basses se laissaient dépouiller, c'était tout un art de sauter en tendant le bras pour les attraper, et j'en ratais plus d'une. L'événement de la cueillette

MON PÈRE ÉTAIT LÀ

était un des plus importants de l'été. Mon père s'en chargeait puisqu'un cerisier poussait dans la cour, empiétant un peu sur la bordure du jardin, débordant par-dessus la barrière sur le trottoir où il arrivait devant les yeux des passants. Mon père aimait autant que moi le cérémonial. Pourtant les cerises, d'un rouge foncé, étaient de taille et de qualité moyennes. C'était les nôtres, je les trouvais les meilleures du monde et mon père était le seul à pouvoir les atteindre.

Il prenait de gros risques pour les attraper pour nous, leur saveur de cadeau se doublait de celle du danger. Pour atteindre la première fourche de l'arbre, large comme un siège, mon père installait un escabeau, qu'il grimpait comme un écureuil pour poser le pied entre les grosses branches du bas.

Agrippée au montant de l'escabeau pour assurer sa stabilité, j'écoutais s'accélérer mon cœur. Mon père avait accroché à son poignet gauche le panier à salade familial en fil de fer, muni d'une corde qui servirait à lui faire faire des allées et venues de haut en bas et vice versa. Je retenais mon souffle, fière d'avoir un père aussi agile, inquiète de sa témérité. Très vite il disparaissait dans les feuilles, je ne voyais de temps en temps que la semelle et les rebords de ses tennis blanches, n'entendais plus que sa voix tandis que de branche en branche il montait de plus en plus haut. De temps à autre, sur le fond bleu du ciel, je captais un mouvement, un bruissement, un éclat du tissu blanc de sa chemisette, le ploiement d'une branche qu'il attirait à lui pour en rafler un maximum de fruits. J'avais l'eau à la bouche. En me collant au tronc je pouvais apercevoir, moi tout en bas lui tout en haut en équilibre sur la plus haute fourche, la dernière avant le sommet arrondi de l'arbre, ses pieds comme agrippés au bois sombre des branches, cerclés du bas de ses pantalons et comme posés juste au-dessus, comme si la hauteur avait gommé le reste de son corps, deux coudes immergés dans le feuillage, un peu plus haut, penchés vers moi, sa bouche sans menton, ses yeux confiants, contents, comme s'il avait vécu toute sa vie dans les arbres, ou qu'il en avait rêvé. Alors ma peur s'évanouissait tant il semblait, tout là-haut, chez lui.

Postée entre le tronc et l'escabeau, je regardais descendre lentement le panier à salade rempli, cognant parfois aux branches, dont mon père assurait la trajectoire. Je versais les cerises dans un panier d'osier, puis retour à l'envoyeur.

À certains moments je ne voyais plus que deux longues jambes, si longues, si longues que j'étais la fille d'un géant, si grand que rien ne pouvait lui arriver.

Je savais que ce soir j'aurais mal au ventre, mais ne résistais pas aux cerises. J'en aimais surtout la couleur, le brillant. Et les noyaux qu'il fallait cracher, permission dont je profitais de tout mon souffle. Chaque noyau

Mon père était là

craché était un cerisier en devenir, je plantais avec ardeur sans voir jamais de résultat alors qu'entre les oiseaux et moi la compétition changeait en noyaux le gravier de l'allée que, sans attendre un ordre, je commençais à déblayer dès que mon père repliait l'escabeau. La fête avait une fin, elle avait rendu tout le monde heureux.

Chapitre 18

TON RENONCEMENT À LA TERRE est parcouru d'entorses, grâce à tes jardins : le petit, sur lequel s'ouvre ta maison et un deuxième, plus grand, baptisé « le champ » que tu loues pour une bouchée de pain à l'extérieur de la cité, sur d'anciennes terres paysannes expropriées pour implanter l'usine.

Le jardin, de petite taille, comprend un potager, quelques fruits, un massif et des plates-bandes fleuries devant la maison et autour des carrés de légumes, qui semblent relégués au second rang. Deux tonnelles de vigne ombrageant chacun des escaliers donnent du charme à l'ensemble et de la fraîcheur en été.

Cet agencement te plaît en même temps qu'il t'agace, comme si faire pousser des légumes était trivial. Pourtant on ne se nourrit pas de fleurs. Au fond du jardin, un gros cassissier, venu d'on ne sait où parce que tu l'as trouvé à ton arrivée dans la maison dont vous étiez les premiers occupants, exhale un parfum mi-sucré mi-acide et toute la famille piquant à chaque passage quelques grains violets les dispute aux oiseaux. Ceux-ci ont à disposition la totalité de la vigne, dont les raisins, petits et durs, gardent un goût de vert jusque dans leur maturité. Tes filles aiment bien, par jeu plus que par goût, en cueillir quelques grappes, histoire de faire rouler sur la langue ces petits grains qui finissent écrasés contre le palais. Devant la maison un petit pêcher qui semble au fil des années garder toujours la même taille, donne en fin d'été des petites pêches peu sucrées, à la limite de l'amertume et au jardin la douceur et la légèreté de ses branches sous le vent.

Tu aimes ton jardin, plus familier qu'un champ, apaisant. Tu aimes les soirs d'été écouter sa soif et l'arroser ni trop ni trop peu, lui donner à boire comme on abreuve une personne. Tu aimes, quand écrasé de soleil il t'envoie en pleines narines le sucre écrasé des tomates inséparable de la verdeur chauffée à blanc de leurs feuilles. À la même heure et jusqu'au crépuscule, les fraises rebondies te font saliver, à demi masquées sous leurs feuilles, promesses du dessert du soir et du lendemain qui te comblent et te récompensent.

Parce qu'il t'arrive, quand tu as travaillé dur à l'usine, de rechigner un peu, de craindre le mal de dos, de traîner en lisant le journal. Il suffit qu'une de tes filles réclame – elles doivent demander la permission avant de prendre une fraise, une tomate, comprendre que comme tu le dis si bien « ça ne pousse pas tout seul » – pour oublier efforts et mal de dos. Ensemble, debout dans la petite allée, vous mordez dans la chair ferme des fraises, percez d'un coup de dent la peau lisse et chaude des tomates pour en trouver aussitôt le jus, qu'il ne faut pas laisser dégouliner, ça serait dommage.

Le champ, distant de la maison, plus grand que le jardin n'est pas ton partenaire intime. Tu y vas en vélo, la remorque accrochée à la roue arrière, remplie de tes outils. Tu y vas pour travailler, pas pour te distraire. Ta production est importante, pommes de terre, carottes, salades, haricots verts, dont se nourrit la famille en toutes saisons. C'est ton domaine et celui d'Alice, les filles n'y viennent qu'en visite et ne savent pas trop quoi y faire. Leur mère les menace périodiquement de leur apprendre à bêcher la terre, tout en sachant qu'elle ne le fera pas. Une fois, une seule, parce que ta fille cadette voulait bronzer tu lui as fait cueillir les haricots verts : un coup de soleil, les reins en compote, tu n'as plus recommencé, tout en te posant des questions sur ta façon de faire. Es-tu trop faible ? Es-tu un père gâteau, ou trop sensible ? Tu jettes un œil autour de toi : si les parents s'affairent dans les champs alentour, leurs enfants n'y sont pas. À croire que vous vous êtes donné le mot, ou que vous élevez vos enfants dans le souhait – l'espoir ? – d'une autre vie.

C'est là, en travaillant la terre, que tu te poses des questions. Ailleurs, à d'autres moments, tu n'as pas le temps, ou l'énergie ou simplement l'idée ne te vient pas. Pourquoi ne donnes-tu pas à tes enfants le goût de la terre ? Comment les vois-tu se nourrir quand tu ne seras plus là ? Tu n'as personne avec qui parler de ces questions. Alice et toi allez dans la même direction, sans même vous être concertés. Tu n'as pas de réponse à tes questions, seulement la certitude qu'en ne leur apprenant pas à travailler la terre elles seront naturellement amenées à se tourner vers d'autres modes de vie. Tu es sûr d'en avoir le désir, tout en n'osant mettre des mots sur ce qui s'apparente à du mépris.

Est-ce toi, ton passé, d'où tu viens, que tu veux cacher, enterrer, ne pas transmettre ? Que caches-tu de toi que tu ne veux pas retrouver chez tes filles ? Pour éviter de te répondre, tu continues à bêcher, à tailler, à arracher. Les pommes de terre s'entassent, tu passes ta main terreuse sur ton front en sueur, la petite voix se tait, tu cesses de t'interroger. C'est le présent qui t'intéresse, le reste souvenirs, mauvais et même les bons, à ne pas exhumer. Faire taire les voix, ne rien regretter, oublier le petit guenilleux consolé par les vaches. Tu aimes ta vie, tout retour en arrière, y compris en pensées, serait inutile.

Si, un seul retour, celui-là silencieux, à ciel ouvert. Tous les ans, au début des grandes vacances, tu fais l'ascension du gros cerisier de la cour pour récolter ses fruits abondants, pas très bons mais que tu aimes pour leur couleur et le jeu qu'ils te font jouer.

Ce jour-là tu as 10 ans, 12, 14, tu es encore gamin, encore souple, encore agile. En toi s'agite un passé intact, une soif de vie qui te reprend dès que, en équilibre sur la large fourche du bas de l'arbre, tu assures ton équilibre et grimpes de branche en branche en t'arrêtant pour les dépouiller peu à peu de ces bijoux rouge vif qui t'attirent comme des pierres précieuses. Le panier à salade familial accroché au poignet gauche, tu as mission de remplir celui, en osier, posé au pied de l'arbre. Tu aimes cet arbre, d'un âge certain, qui aurait besoin d'être taillé, ce que tu ne sais pas faire. Tu l'aimes chevelu, pied de nez aux cerisiers bien propres des vergers, et courageux : il donne tous les ans, tu ne lui demandes rien d'autre.

Il te suffit de lever la tête pour avoir l'impression de toucher le ciel. L'azur, la lumière dorée du soleil, les branches trop longues pour que tu en atteignes les extrémités, la souplesse de leur balancement t'emportent loin, haut, seul, et tu souris. En bas, collée au tronc avec l'impression de te protéger, ta fille essaie de te suivre des yeux et tente de te parler. Tu ne lui réponds pas, heureux et coupable de faire comme si tu ne l'entendais pas, voleur de solitude une fois dans l'année, personne ne le saura. Les cerises s'amoncellent dans le panier à salade, il te faut les faire revenir sur terre. Va-et-vient de haut en bas, conversation avec ta fille cadette qui semble extasiée de te voir tout là-haut.

Tant mieux, cette gamine, tu n'as pas souvent l'occasion de l'épater. Elle suit dans le ciel les traces blanches que laissent les avions partis du camp à l'entrée du village. Elle sera aviatrice, dit-elle. Tu lui as promis un baptême de l'air en cadeau, un jour, plus tard. C'est cher un baptême de l'air. En attendant, le dimanche vous allez voir les petits avions faire des galipettes. Toi aussi, tu aimes les avions. Tu te souviens du service militaire, de cette photo sur laquelle tu portais un casque et des lunettes d'aviateur, empruntés bien sûr. Peut-être a-t-elle fait rêver ta fille ? Tant mieux. Tu ne sais pas ce qu'elle fera, ce que feront tes filles. Ce dont tu es sûr, c'est qu'elles ne seront pas paysannes, ni ouvrières, même si tu aimes ton métier, l'usine. Ce qui te plaît surtout c'est d'avoir ta vie à toi, que ne peuvent deviner ceux qui ne travaillent pas là-bas, au contraire du travail des champs ou près des bêtes, que tout le monde connaissait. Voilà ce que tu souhaites à ta fille : aviatrice ou pas, ce que tu veux pour elle, c'est un métier qui n'est qu'à elle, que n'importe qui ne peut pas faire, quelque chose de spécial.

Cette sensation de « spécial » est la tienne quand tu cueilles les cerises. Personne d'autre que toi, ici, ne sait faire. Mieux, tu grimpes à l'arbre du voisin pour cueillir ses propres cerises, parce qu'il n'ose pas et que les laisser toutes aux oiseaux serait très dommage. Des cerises fermes, plus grosses que celles de ton cerisier, plus claires aussi, elles ont presque des tons de pêche. Un délice. Quand tu cueilles sa récolte, il t'en laisse un panier dont ta famille se régale. Pour revenir aux vôtres, moins bonnes, plus ordinaires, mais à vous.

Plus ordinaire, à toi, du haut ta vie te paraît trop simple, fade. Le regard de ta fille cadette ne suffit plus à te combler, il faut aller plus loin.

Chapitre 19

L A SAISON DES CERISES annonçait des jours attendus avec impatience : la visite annuelle de ma tante (la sœur de ma mère, marraine de ma sœur, que j'appelais aussi marraine ; ma marraine à moi ne se manifestait jamais. Parce qu'elle n'était pas un modèle, alcoolique, ayant abandonné ses enfants, ma marraine de substitution convenait mieux dans le tableau familial).

« Ma » marraine donc, femme de militaire, déménageait beaucoup et au hasard des garnisons nous rendait à peu près régulièrement visite en été. Je l'adorais.

Bien habillée, chaussée sur mesure par son mari maître bottier, elle portait des bijoux et amenait avec elle un souffle d'ailleurs, un souffle urbain, sophistiqué, qui me portait comme un tapis volant dans des mondes étrangers dont je n'imaginais pas les contours mais qui, je le savais, étaient différents du mien. Elle avait quelque chose d'une dame (plus tard, bien plus tard, j'apprendrais à décrypter les apparences et les oripeaux de la bourgeoisie qui éblouissaient mon enfance).

Elle apportait des cadeaux, surtout depuis qu'elle habitait en Allemagne : cadeaux amusants (le petit pêcheur automate dont la ligne s'enroulait et se déroulait des montants d'un portique, un moineau en métal qui picorait les miettes sur la table), excitants (des jeux de dames, de cartes des 7 familles, des pousse-pousse, des jeux d'adresse), valorisant (un petit téléphone copie parfaite des vrais dont je n'avais jamais vu un exemplaire), bons (des fruits et légumes en pâte d'amande, du chocolat blanc). Elle était indulgente, ne disputait pas les enfants, n'avait pas de règles d'éducation, ce qui, entre elle et ma mère, occasionnait de nombreuses prises de bec. « Ma » marraine était une idole. De plus elle prenait soin, sans que sur le moment je m'en aperçoive, de me couvrir de cadeaux autant qu'elle en couvrait ma sœur, sa vraie filleule, tout en maintenant une minuscule différence (nombre ou qualité des cadeaux) que je remarquais sans en souffrir. Peut-être dans une autre vie aurait-elle été une bonne gestionnaire de ressources humaines.

J'aimais beaucoup son fils, mon aîné de quelques années. Sa fille qui avait à peu près mon âge était une peste qui faisait des manières. Ses enfants trop gâtés travaillaient mal à l'école. Je sentais confusément que la sévérité de ma mère était plus efficace et meilleure conseillère. En attendant, je préférais, quelques semaines par an, ma tante.

Une année, elle était arrivée au volant d'une voiture, une Volkswagen qu'on appellerait plus tard Coccinelle, qu'elle conduisait visiblement au petit bonheur. Elle n'a jamais avoué avoir payé un permis de conduire sans jamais le passer, mais ne savait pas faire une marche arrière, passer les vitesses au-delà de la seconde, doubler,

MON PÈRE ÉTAIT LÀ

quelle était la couleur du feu pour attendre, passer, avancer prudemment. Ce qui ne l'empêchait pas d'être tout à fait décontractée, elle avait le papier en poche et pour le reste on verrait bien.

Pendant son séjour chez nous, elle avait loué un garage à deux pas, à l'entrée si étroite qu'elle n'arrivait pas à y faire passer sa voiture. C'est donc mon père qui s'en chargeait et à l'occasion, s'était souvenu de quelques tentatives par jeu pendant le service militaire puis, manœuvrant chaque jour la voiture de sa belle-sœur, avait pris goût à tenir un volant entre ses mains, et s'était mis à rêver.

Contrairement à sa belle-sœur, il ne pouvait acheter le papier rose et avait dû se coller à l'apprentissage du code de la route. Un calvaire, un réapprentissage d'une lecture qu'il n'avait fait qu'effleurer, une mise en mémoire à faire après ses journées épuisantes de travail, le jeu de rôle d'un écolier à la même table que ses filles qui découvraient combien elles en savaient plus que lui, mais n'osaient pas l'aider.

Pendant les semaines d'apprentissage du code, j'ai été supporter muette du vieil écolier, j'ai souffert avec lui, tentée de lui souffler sans céder à la tentation, serré des poings pour qu'il retienne au fond des poches toutes ces histoires de clignotant, priorité à droite, traversée de village qu'il lui fallait connaître sur le bout du pouce pour avoir le premier sésame et entamer l'autre chemin de croix, celui de la conduite, soit un volant en main et des pédales aux pieds conduire une voiture du départ jusqu'à l'arrivée sans se faire mal ni faire mal à quelqu'un d'autre.

Nous vivions et respirions permis. Je mesurais mal quel était l'enjeu, en comprenant bien qu'il était important. De plus mon père, redevenu écolier, devait gagner pour ne pas perdre à nos yeux. Double défi. Ma mère était indulgente, ne le poussait pas. Je n'ai jamais su si elle rêvait d'avoir une voiture. Avoir une voiture c'était, mais nous ne le savions pas, mettre un pied dans l'engrenage, perdre l'habitude des promenades du dimanche à pied, délaisser nos vélos, ne plus jouer à la balle au prisonnier dans la rue où peu à peu se mettraient à circuler des voitures. Au compte-gouttes mais nous devions en tenir compte.

Mon père à force d'efforts, de sueurs froides et de ténacité eut son permis de conduire. Il fallait maintenant conduire, donc avoir une auto.

Ce fut une 4CV Renault aussi minuscule qu'un insecte. Dans ma classe, personne n'avait de voiture, sauf l'institutrice ou plutôt son mari, mais ça ne comptait pas. Les instituteurs avaient toujours un pas d'avance sur nous. Quand, en secret, j'ai dit à ma meilleure copine que nous allions avoir une voiture, elle m'a dit « nous aussi » ; mon auto-prestige en a pris un coup puis a repris la tête : leur voiture arriverait après la nôtre. Mon père restait le

Mon père était là

premier de la rue, sauf notre voisin d'en face qui ne comptait pas, un fou furieux de mécanique qui changeait de voiture comme de chemise et trafiquait toute la journée dans ses moteurs qui rendaient l'âme au bout d'un mois. Nous resterions, pour quelques semaines, la seule famille convenable à avoir une voiture. Ma mère m'ayant recommandé la modestie, je ne pouvais me réjouir de l'affaire qu'avec mon père, qui affichait un sourire béat, content, d'homme qui avait réalisé un rêve qu'il n'avait pas osé formuler.

Enfin, et c'est là que je voulais en venir, il fallut mettre sur le tapis la question du garage. L'usine qui employait mon père avait donné son autorisation pour qu'il sectionne la barrière, afin d'entrer sa voiture dans la cour. L'entrée dans notre cour était à peine plus large qu'une porte intérieure, un portillon par lequel nous passions à pied ou en vélo. Pas question de laisser la voiture dormir sur le trottoir. Pendant un temps, mon père a loué un garage, à la sortie de la cité, qu'il fallait rejoindre à pied. Cher et pas pratique. La solution était de sacrifier un morceau du potager pour y bâtir un garage. La permission a été accordée, j'ai le souvenir vague de tractations qui m'avaient semblé compliquées. L'architecte, qui voyait bousillé le tracé savant des jardins, renâclait sans doute, sachant que comme mon père, d'autres viendraient. Sa cité si bien pensée, si homogène, serait sous peu truffée de verrues bâties à la main et son dessin souillé. Mon père, loin de ces préoccupations, s'était transformé en bâtisseur de cathédrale et m'avait associée au projet.

Il s'agissait de bâtir un garage rectangulaire assez grand pour qu'y tiennent une 4CV et quelques accessoires, abrité par un toit de fibrociment et fermé par une porte à rideau fermant à clef. Deux ou trois hommes expérimentés (voisins, copains de travail ?) le guideraient dans l'aventure et moi je ferais le mousse, employée à tasser le béton dans les moules faits d'anciennes boîtes de morceaux de sucre Saint-Louis. Quel plaisir : travailler avec des hommes qui me regardaient comme l'une des leurs, patouiller dans le béton, faire, construire, contribuer à un travail concret, qui bénéficierait à toute la famille. Et tout ça aux côtés de mon père, avec ses compliments.

J'avais déjà pris le goût du travail d'équipe lorsque quelques années avant nous faisions avec les gamins de la rue la chaîne pour transporter et ranger les rondins de bois livrés à l'automne que nous empilions en tas réguliers dans les caves. Tous, contents et satisfaits, nous faisions couler avec délice la sciure de bois de nos mains et nos avant-bras dans l'évier avant d'aller dîner, rompus et fiers d'avoir rendu service. Ranger le bois n'était rien comparé à bâtir un garage. Œuvre commune qui resterait là pendant des années, utile, qui chaque jour me rappellerait mes capacités. On disait « le garage », je pensais « notre garage » et côte à côte avec mon père, je bombais le torse, m'attribuais une médaille.

Mon père était là

Si ma contribution à la construction du garage ne m'avait pas donné de notions d'architecture elle m'avait fait gagner des distances à propos de travail « sexué ». N'ayant à cet âge aucune idée des différenciations admises, je n'avais pas trouvé curieux que me soient confiées des tâches de « garçon ». La chance voulait que je n'aie pas de frère – à mon grand regret parce que je fantasmais sur sa protection – donc pas de travail à voler. Mon père ne s'était pas posé la question, ses copains pas osé la poser, et moi définitivement non impressionnée par les gâcheurs de béton à gros bras.

Chapitre 20

Tu ne te souviens pas exactement du jour. Ce que tu n'as pas oublié, c'est la sensation, retrouvée, remontée depuis des années en arrière, du plaisir que tu n'aurais su décrire, d'avoir entre tes mains le volant d'une voiture. Tes mains y trouvent naturellement leur place comme si, depuis toujours, elles étaient faites pour s'y poser. Toi, assis bien droit, tu regardes droit devant toi en te sentant chez toi. Tu ne te souviens pas d'en avoir rêvé puisque de tout temps la position, les gestes te semblaient familiers. Ce n'était pas rien, pourtant, de conduire. Peut-être es-tu fait pour ça. Pas tout à fait, c'est à la sensation que tu t'attaches, tenir le volant comme si le geste te procurait, dans ta propre vie, une autre façon d'être, un avancement, un progrès. Tu ne cherches pas à savoir, seulement à écouter cette envie à l'estomac et au corps. Les mains sur un volant, et avancer.

Quand ta belle-sœur t'a demandé, parce qu'elle n'y arrivait pas, de rentrer sa voiture dans le garage loué au boucher, tu l'avais fait sans te poser de question, comme si tu l'avais toujours fait. Depuis, et parce qu'au service militaire tu avais eu l'occasion de conduire, tu te sens des fourmis dans les mains, les pieds, le corps entier : un volant entre les mains, c'est la liberté, changer de décor, éviter la pluie et le vent même si, d'une autre manière, on les subit aussi à l'intérieur d'une voiture. On découvre, au volant, tant de plaisirs qui deviennent vite précieux : écouter ses envies d'aller çà et là, gagner du temps, perdre en fatigue.

C'est décidé, il te faut le permis de conduire. La suite viendra plus tard, tu dois déjà convaincre Alice, avant de continuer l'aventure. Sans crier gare elle est d'accord, contente que tu prennes en charge à ta manière une partie de ce qu'elle avait en charge : déplacements, même rares, distractions que tu n'oses appeler « voyages ».

Alice est d'accord, ta belle-sœur t'encourage, tu n'as plus qu'à te lancer, t'inscrire au permis de conduire, commencer à très vite apprendre pour la première épreuve, celle du code de la route, qui consiste à ingurgiter à toute allure et réciter comme un perroquet les interdits et ce qu'un automobiliste moyen peut faire, faire parfois, jamais.

La difficulté, que tu n'as pas saisie au moment de l'inscription, tu l'avais plus ou moins envisagée en refusant de t'y attarder, encouragé par l'aisance ressentie devant un volant sera celle de l'apprentissage, qui te renvoie à tes lointaines et peu nombreuses années d'école. Années est un grand mot, tu penses plutôt « moment », entre les saisons où l'on avait besoin de toi aux champs.

Apprendre le code de la route a été une punition et une route sans fin, un parcours d'obstacles. Vingt ans

Mon père était là

après tu n'oublies pas la sensation d'être retourné à l'école pour la première fois, de devoir presque réapprendre le B.A BA que pourtant tu pratiquais chaque jour, en lisant le journal, et parfois un livre.

Entre lire et apprendre, la différence te fait encore frissonner. En même temps que tes filles, entre elles et face à elles tu redevenais écolier. Elles t'ont intégré à leurs devoirs, à leurs efforts quotidiens, comme si c'était normal d'avoir un père ne sachant pas tout. Étape importante pour toi, pour elles aussi, qui ont appris que rien n'était jamais acquis et qu'un adulte pouvait avoir plusieurs faces, tout savoir de plein de choses, rien ou presque d'autres choses, et que tout le monde était concerné.

Pour elles aussi, une petite fierté t'avait réconforté : tes filles étaient contentes que leur père apprenne. Un sentiment d'égalité, une fraternité entre vous avait vu le jour.

Ce permis, ce code d'abord, tu l'as gagné avec obstination. Parce qu'aussi il figurait une fenêtre ouverte sur un ailleurs qui te faisait les yeux doux. Tu es fier de l'avoir gagné, difficilement mais pour toujours. La conduite avait aussi demandé des efforts. Au bout du compte tu avais gagné. Maintenant tu es un conducteur, ce que tu prouves en emmenant chaque dimanche ta famille en promenade.

Et tu gravis des montagnes, dont la silhouette familière comme une encre chinoise bornait ton horizon depuis si longtemps que tu pensais la toucher du doigt au bout de quelques kilomètres. Eh non, il fallait rouler presque une heure pour l'approcher et presque autant pour couper le moteur à ses pieds. D'autres montagnes derrière celles-là se dessinent au fur et à mesure qu'on avance. Le moteur chauffe, il faut négocier les lacets de la route, attendre que le moteur refroidisse pour remettre de l'eau, sous peine de s'ébouillanter. La découverte n'est pas de tout repos. Ta femme et tes filles, ravies, ne sont pas rassasiées : des montagnes, des précipices à peine bordés d'un mur dérisoire, des ponts suspendus au-dessus d'abîmes, des grottes au troisième sous-sol, des lacs, des torrents, des églises. Le monde est à portée de main, et le soir on dort dans son lit. Vive les autos, vive le père qui conduit. Tu rends visite au village, ta belle-sœur, ta sœur qui te prend pour un riche. Tu t'agaces en pensant que c'est le prix à payer. À l'ombre de son poulailler tout lui paraît très simple, elle n'imagine pas tes difficultés pour avoir le permis ni celles pour acheter une voiture. Le fossé se creuse entre vous, le monde paysan se ferme sur lui-même, refusant de voir qu'ailleurs on peut avoir du mal.

Tu n'expliques rien à tes filles, tes silences leur laissant entendre que tu es étranger, pour ne pas dire ennemi, au monde dont tu viens.

Mon père était là

Quand, au bout de quelques années, tu te permets, toi qui déjà avais deux semaines de vacances payées, de passer deux ou trois jours ailleurs, de dormir en dehors de chez toi, d'emmener ta famille à l'hôtel, de manger au restaurant et d'y prendre plaisir, la rupture se dessine. Tu t'accroches parce que tu ne renies rien, sentant que tu es prêt à te faire renier. Déchirure à laquelle tu résistes, fort de ta construction et de ta famille qui te donne raison : tu n'as ni honte ni regret, tant pis si tu as des plaisirs de riche, ils sont partagés avec celles, femme et filles, qui te sont chères.

La famille d'Alice, elle-même émancipée de la vie paysanne, y compris ta belle-sœur couturière restée au village mais informée de ce qui se passe ailleurs, est proche, et se montre un soutien. Définitivement c'est elle ta famille. Tu ne rejettes pas les autres, sans les rechercher, et sans tenter de parler ni de t'expliquer, sans te justifier.

Chapitre 21

M ON PÈRE ÉTAIT, SANS REMORDS, mauvais bricoleur. Mauvais ou pas intéressé. Après sa mort j'ai récupéré un tournevis à plusieurs pointes qu'on glissait dans un manche transparent, un trois ou quatre en un que j'avais toujours trouvé ingénieux. Un gros crayon de charpentier aussi, et un mètre pliant. Ce peu d'outils disait tout de sa non-passion. Il m'avait appris à planter un clou, parce que ça peut servir. De toute ma vie je n'ai su planter un clou droit, par atavisme ou fidélité.

Pourtant, il a réalisé deux chefs-d'œuvre, dont l'un vit encore, devant ma porte d'entrée, sur le palier de mon étage, en toute illégalité puisque posé sur la propriété communautaire de la copropriété. Nous sommes au dernier étage, personne ne songerait à faire des remarques, surtout pas les étudiants vivant sur le même palier. Chaque jour et plusieurs fois par jour je pense à mon père, à son sourire content quand le travail a été fini, qu'il tenait debout et a été utilisé.

C'était, c'est, un rayonnage à peu près à ma taille en hauteur, d'environ un mètre vingt de large et profond de vingt-cinq centimètres. Il est, par son format, destiné à des utilisations variées, de la bibliothèque aux rayons à pots de confiture, rangement de dossiers, de chaussures, exposition de pots de fleurs. Les planches dont il est constitué, grossières, jamais polies ni cirées, en bois brut impliquent au premier mouvement un usage rustique, plutôt maraîcher, dans une cave, un cagibi, peut-être à l'extérieur.

Il me semble que chez nous il était dans l'entrée arrière, celle qui faisait tampon entre l'escalier extérieur et la cuisine. À moins qu'il n'ait été à la cave, ou l'un d'abord, puis l'autre. Si je pense pots de confiture, c'est de la cave qu'il s'agit. Quand mes parents ont quitté la cité, ils l'ont emmené dans la maison louée « au village », à deux kilomètres ; ces rayons avaient donc leur utilité ou bien ont-ils été conservés comme une preuve, la preuve, que mon père quand il le voulait savait bricoler. J'en témoigne puisque soixante-dix ans après sa création le chef-d'œuvre est toujours utilisé, solide et fidèle au poste. Moche mais utile, condensé du pratique qui souvent faisait office d'esthétique dans notre milieu, héritage du monde paysan dont il avait gardé les traces et certaines habitudes.

Ce rayonnage, mon père l'avait fait sans ostentation, comme si ça n'était pas le premier, sans s'étonner de l'avoir fait, sans nous le faire remarquer. C'était nous, sa femme, ses filles, qui en avions fait une histoire, l'avions félicité de façon un peu ironique et malgré tout contentes. Si notre père, contrairement aux autres pères ne bricolait pas, c'était uniquement parce qu'il ne prenait pas plaisir

Mon père était là

à le faire. En cas d'obligation ou de nécessité il était là. La preuve, ce rayonnage bâti haut la main. J'avais alors entrevu une forme d'aristocratie sur laquelle je ne mettais pas de nom : la fonction de mère n'impliquait pas de faire tout ce que faisaient les autres. La fonction de père laissait la porte ouverte à une autonomie. Mieux encore l'éventuel jugement critique des pères bricoleurs d'à côté et des femmes des pères bricoleurs d'à côté n'avait aucune sorte d'importance, mon père faisait ce qu'il voulait. Sans en faire état. Sans prêter flanc à la comparaison puisqu'il n'y faisait pas allusion.

Je crois que chaque jour, et plusieurs fois par jour, puisque mes yeux ne peuvent faire autrement que tomber sur ce rayonnage installé face à la porte d'entrée de mon appartement, contre le mur du palier, un petit vent de liberté souffle sur mon étage, me pousse vers le dehors quand je descends, me rafraîchit quand je remonte.

L'autre chef-d'œuvre de mon père bricoleur est une table basse, indispensable compagne du canapé acquis par mes parents quand ils ont quitté la cité après la retraite de mon père.

Deux symboles de confort, voire d'opulence, ont alors fait leur entrée dans leur vie : un canapé de faux cuir brun (assez souple pour faire illusion), deux fauteuils assortis et une télévision. Je n'ai pas eu, ni demandé, d'explication au sujet de l'installation de la télévision, jusque-là jugée sans intérêt. Liée à l'avancée en âge, ou au besoin de se chouchouter, peu importe. Le duo canapé-télévision appelle la table basse. Ce petit meuble n'était pas, à l'époque, présent dans tous les appartements. Il avait quelque chose de chic, de bourgeois. Plus que le canapé, qui signifiait confort et avait peu à peu remplacé le lit d'appoint appelé « divan » qu'on trouvait souvent dans les salles à manger. La table basse sentait bon le café, les petits gâteaux, les invités, les voisins, le dimanche, toute une vie partagée très timide dans le monde ouvrier, où l'on se parlait dehors, échangeait des services, mais ne se recevait pas entre voisins, à quelques exceptions près.

La table basse, ce luxe qui semblait si pratique, faisait envie à mes parents, ne serait-ce que pour y poser leur journal plié entre deux lectures. Quelques années avant leur retraite, ils avaient acheté un lampadaire, à trois pieds, trois branches et trois abat-jour en couleurs primaires, aujourd'hui répertoriés « vintage », dont la vue sur les sites spécialisés me fait fondre. Le lampadaire avait largement précédé les autres éléments de confort sans doute parce qu'il était utile, aidait les yeux qui s'abîmaient, n'était pas, dans le décor, un élément qui aurait pu faire penser qu'on se prenait pour ce qu'on n'était pas.

La table basse, donc... je ne sais pas si la dépense à prévoir était trop importante ou si mon père avait eu envie de renouer avec le bricolage. J'avais quitté la maison familiale à l'âge de 17 ans et ne suivais plus pas à pas l'évolution des choses. Je voyais, quand j'étais revenue en week-end, puis depuis mon départ à Paris après de longues absences qu'ils étaient heureux d'être ensemble, ne faisaient pas d'effort pour m'accueillir si je manifestais l'envie de les voir alors qu'ils avaient prévu autre chose. Ils vivaient leur vie, continuaient comme depuis mon enfance à lire tous les matins le journal, écouter la radio, être au courant du bruit du monde. Mon père avait noué des relations affectives très vives avec un jeune garçon qui habitait au fond de l'impasse où était leur maison. Son père était mort, il appelait mon père « papa », ce qui le faisait rajeunir et faire des imprudences comme jouer au foot alors qu'il avait le cœur fragile.

Mon père, toujours aussi attentif, m'avait accueillie sans question quand un chagrin d'amour m'avait terrassée. Ma mère aussi avait été discrète et présente, elle se bonifiait avec l'âge.

Au cours d'une de mes visites j'avais découvert « la » table basse, deuxième chef-d'œuvre de mon père. C'était un petit carré d'à peu près quarante centimètres de côté, en contreplaqué sans doute, imitation bois. À chaque coin il avait vissé un pied de couleur noire, en plastique, ou métal. L'ensemble était léger, pas vraiment esthétique, avait le mérite d'être là et de servir. Son poids lui permettait des déplacements faciles et de s'adapter au service du café, à recevoir des livres, des journaux et tous les petits riens qui ne tiennent pas dans les poches et dont on ne sait jamais quoi faire. La consigne était que chaque soir elle soit débarrassée, lisse comme au premier jour, retrouvant le temps d'une nuit sa dignité de table basse.

L'objet m'attendrissait, mon père en était très content. Après sa mort, ma mère l'a emmenée dans le petit appartement qu'elle a loué dans une HLM. Posée au coin, faisant office de bout de canapé, entre lui et un fauteuil, elle a trouvé sa place pour n'en plus changer. On y posait la corbeille à fruits et c'était, quand je dormais sur le canapé-lit de ma mère, ma table de nuit.

Cette table figurait pour moi la présence de mon père dans cet appartement qu'il n'avait pas connu. Je m'étais mise à l'aimer, à la trouver indispensable.

Je pensais et pense encore que mon père avait eu raison de ne pas forcer sa nature, de ne pas jouer au père bricoleur. Ses deux réalisations ont marqué et perduré dans le temps et fait œuvre de cadeaux offerts à toute la famille en réponse à une nécessité et non à une distraction paternelle. Je ne sais pas où est passée la table quand ma mère à son tour est morte mais considère que rayonnage et table basse sont des pièces de mon patrimoine aussi précieuses que n'importe quel meuble acheté à grands frais et sans attention.

Mon père savait aimer.

Chapitre 22

UN JOUR TU TE SURPRENDS à monter dans ta tête une sorte de rayonnage, fait de quatre planches traversées de trois rayons. Tu ne sais pas trop comment faire, mais le dessin est là, devant tes yeux il ne reste qu'à le reproduire. Tu ne sais pas comment l'idée t'en est venue. Peut-être le soir en traversant la cave après avoir rangé ton vélo. Il y a trop de choses posées n'importe comment, des pots de confiture, des conserves en bocaux alignées au fil des étés dont les dates risquent de se mélanger, des boîtes de conserves qui ne tiennent pas dans les placards de la cuisine. Alice soupire mais ne demande rien. Ne te demande rien. Tu n'aimes pas bricoler préférant retourner le jardin ou planter des légumes que des clous. Tu ne détestes pas le bricolage, il ne t'intéresse pas, simplement et la maison marche à peu près toute seule.

La seule chose que tu te plais à faire, c'est trifouiller le ventre de la radio, mettre à l'air ses tripes en enlevant le haut de sa carcasse, réajuster les fils. Il y a, dans cette boîte mystérieuse, des cubes de hauteurs et grosseurs différentes auxquels, pour ta fille cadette, tu fais vivre la vie d'un village. Les cubes sont des petites maisons, habitées par les personnages de la famille Duraton, le feuilleton qu'écoute toute la famille. Tu inventes des histoires pour ta fille, fais entrer, sortir, se croiser, parler les personnages. Les yeux écarquillés elle y croit dur comme fer et peut-être que toi aussi.

Tu ne sais pas encore, n'oserais pas y rêver, que dans quelques années tu construiras, dans ta cour, un garage. Avoir une auto ne fait pas partie de tes rêves, pas encore. Celui-là accompli, d'autres seront permis, qu'il faudra bien réaliser pour que la vie continue.

Décider de faire un rayonnage t'entraîne dans des mondes inconnus. Il faut parler planches, bois, clous. Il faut parler équerre, niveau. Tu fais la liste des choses à trouver, des choses à faire et sais que tu arriveras à tes fins. Tu ne t'inventes pas un jeu, mais réponds à un besoin, ce qui change tout pour toi et te donne des ailes. Avant d'agir tu dois observer, et ça tu sais le faire. Commencer par le plus facile est la clef que tu as déjà utilisée, et c'est la bonne.

La première étape est de trouver un lieu pour travailler : la cave est pleine à ras bord, la cour trop froide. Tu choisis d'investir l'entrée, entre la porte qui s'ouvre sur l'extérieur et celle de la cuisine. C'est petit, c'est un lieu de passage, il te faudra faire vite. Tu couperas tes planches dehors, en t'installant dans l'escalier de la cave, dont le bord peut faire établi. Tu fais un schéma, prends tes cotes, t'exerces à assembler tes planches pour faire des angles droits bien nets, apprends en faisant, avec quelques conseils d'un voisin, réfléchis beaucoup. Au moment d'agir, tu vois les rayonnages comme s'ils étaient faits et te surprends à trouver l'assemblage presque facile. La famille tourne autour de l'ouvrage fini, admire, ta femme prend l'air amusé mais tu sens que tu as gagné des points. D'autres, satisfaits de l'expérience, seraient tentés de continuer, d'aller plus loin, jusqu'à pouvoir se dire bricoleur.

Pas toi. Tu ne savais pas, au commencement, combien tu serais satisfait de te savoir capable de mener à bien, et de choisir de ne pas le faire. Encore un choix. Choisir c'est ce que tu préfères, entre toutes les possibilités qui te sont données. T'écouter. Comme ce matin si présent où face à la photo tu as choisi, parce que tu te préférais en vêtements du dimanche plutôt qu'en guenilles retenues par une ficelle, de faire ta vie autrement.

Les rayonnages ont été déplacés plusieurs fois, ont supporté des choses diverses. Ils ont supporté des verrines, des bocaux, des paniers remplis d'œufs, des chaussures. Toujours solides, toujours présents. Il est possible qu'ils te survivent. Tu rêves que dans un avenir lointain, alors que ton nom sera à demi effacé sur ta pierre tombale, quelqu'un, une de tes filles peut-être se souviendra, dira ton nom et qu'un peu de toi sera là, invisible sur un des rayons.

Tu penses à ce qui te survivra, ce dimanche 5 octobre que tu passes en partie avec ta fille cadette. Elle est arrivée quand midi sonnait au clocher, alors que tu découpais la pintade en regrettant qu'elle ne soit pas là, parce qu'elle aime la pintade. On cogne à la porte, c'est elle ! Arrivant par surprise de Paris, qu'elle a quittée la veille, ayant fait un crochet par Besançon, où l'avait déposée un ami. Vous n'avez pas le téléphone, elle ne s'est pas annoncée, ne sachant pas pourquoi elle est venue, sauf qu'une envie irrésistible l'avait prise. Elle dînait au restaurant avec un ami auquel tout à trac elle a demandé s'il acceptait de la conduire à Besançon, où ils arriveraient après cinq heures de route en 2CV, avec le projet de venir te voir le lendemain.

Vous passez l'après-midi ensemble, Alice et votre fille aînée partent se promener et vous restez, ta fille et toi, ensemble, tout un après-midi, presque sans échanger un mot. Elle a mal au dos, tu l'installes sur un fauteuil et poses ses jambes sur la table basse que tu as fabriquée de tes mains. Pas bien belle mais ça n'a pas d'importance. Elle est utile, la preuve. Tu n'es pas dans ton assiette, tu as vu le médecin il y a quelques jours, un remplaçant qui a diagnostiqué une crise de rhumatisme. Une main n'arrête pas de serrer ta poitrine, tu ne dis rien, tu poses deux doigts sur ton pouls et guettes une minute du temps qui passe, en comptant à combien bat ton cœur. Tu as peur. Ton regard sur ta fille est comme un édredon de plume. Vous êtes bien ensemble, malgré ta peur. Tu ne sais pas qu'elle pense, on dit rarement ces choses-là, qu'elle a le papa « le plus gentil du monde ». Tu n'as pas envie de savoir ce qui l'a poussée à venir. Elle est là et c'est tout, elle est là et c'est bien. Dans deux heures, après le repas du soir, tu la conduiras à la gare. Elle déteste ce train du dimanche soir, quatre heures et plus au milieu des gamins qui vomissent et chouinent, des gens qui discutent comme des pies. Quatre heures et plus souvent debout dans le couloir, les pieds coincés par des valises et des sacs pleins à craquer. Elle, légère, n'a qu'un petit sac en bandoulière, des sandales bleu marine à lanières à hauts talons fins, ses cheveux libres sur le dos, et vous vous embrassez très fort.

Chapitre 23

DEUX JOURS PLUS TARD, mardi matin, tu t'es levé comme d'habitude, pas très tôt. Trois ans après avoir pris ta retraite, tu savourais encore ces levers tranquilles, que tu étirais en lisant le journal étalé sur la table. Tu n'avais pas de projet urgent, un peu de jardin peut-être, aller chercher le pain à la boulangerie proche de l'impasse où Alice et toi aviez déménagé juste avant ta retraite, balayer la cuisine, toutes ces petites choses que tu prenais plaisir à faire sans compter ton temps. Tu ne t'étais pas encore habitué à ce temps tout à toi, utilisable au gré de ta fantaisie, de vos envies. Vos filles étaient casées, la dernière venait peu depuis qu'elle habitait Paris. Quel bonheur son arrivée à l'improviste de ce dernier dimanche, juste au moment où tu prononçais son nom.

Au moment où tu allais te lever de ta chaise pour aller te laver, une bombe a explosé dans ta poitrine. Souffle coupé, tu as essayé d'agripper cette chose qui te serrait, serrait. Alice t'a crié de ne pas bouger, elle a couru à la boulangerie pour appeler un médecin, tu avais peur, si peur. Et si tu ne la revoyais pas ? Depuis quelques jours tu n'étais pas tranquille, un pressentiment grondait comme un chien sentant le danger. Tu essayais de compter les battements de ton cœur, paniquais, t'arrêtais, recommençais, c'était usant. Alice est revenue, t'a dit de ne pas bouger, que l'ambulance arrivait, le médecin aussi, mais têtu comme une mule tu as voulu mettre un maillot de corps propre pour recevoir le médecin. Tu as insisté, Alice qui avait vu que c'était grave n'aurait pas voulu que tu bouges, tu as bougé, on t'a chargé dans l'ambulance, on ne savait pas si tu t'en étais aperçu. Alice t'a crié qu'elle allait venir, qu'elle serait près de toi à l'hôpital. Elle est retournée à la boulangerie pour appeler ta fille aînée arrivée très vite en voiture.

Sur le chemin de l'hôpital, elles n'osaient pas se parler. C'est ainsi qu'on essaie de conjurer le sort. Quand elles sont arrivées à ton chevet, il était question d'un choix entre toi et un homme plus jeune pour bénéficier d'un examen, tu entendais ces mots dans un brouillard, sans les comprendre, comme s'il ne s'agissait pas vraiment de toi. La plaque qui avait été glissée sous toi pour faire une radiographie t'a été retirée, provoquant des mouvements mal adaptés à ton état. Le jeune homme avait la priorité, on reviendrait plus tard vers toi pour cet examen, ce qui fut fait, un peu plus tard.

Est-ce que tu te sentais faible dans ton lit ? Ou peut-être, tout simplement, bien. Tu ne semblais pas souffrir, Alice et ta fille aînée t'ont trouvé minuscule, ton teint si blanc te rendant presque invisible dans tes draps blancs. Elles ne parlaient pas pour éviter de te fatiguer, ne sachant rien de ton inquiétude. Sauf que tu as demandé

MON PÈRE ÉTAIT LÀ

pourquoi je n'étais pas là, et si j'allais venir. Ma sœur a dit que j'avais pris le train, que j'arriverais bientôt, tu as paru apaisé.

Il leur semblait qu'on ne te faisait aucun soin, sans savoir ce qui s'était passé au moment de ton arrivée. Le temps passait, le soleil qui brillait en ce beau début d'automne avait fini par se coucher. Tu restais silencieux, calme, confiant peut-être, ou résigné, ou inconscient de la gravité de la situation ?

Puis la nuit avait commencé à tomber, Alice s'était penchée vers toi, se retenant de pleurer, ne sachant si elle devait ou non montrer son inquiétude, craignant de paraître prendre à la légère ce qui était grave, craignant de t'enlever la petite flamme d'énergie qu'elle voyait dans tes yeux. Alors ta fille aînée lui a proposé de sortir un peu, pour te laisser te reposer, et qu'elles aillent se dégourdir les jambes, peut-être manger un peu, faire un tour jusqu'à la maison à cinq minutes de voiture, te disant qu'elles reviendraient très bientôt, dans une demi-heure pas plus. Tu ne serais pas longtemps seul, puisque j'allais arriver. Les infirmières avaient dit que tu allais bien, qu'on pouvait te laisser seul un moment.

Tu as dit oui, tu as soufflé à Alice de ne pas s'inquiéter. Quelques minutes, peut-être dix, peut-être vingt après leur départ tu mourais, mardi 7 octobre, à la tombée de la nuit.

Chapitre 24

« C'EST POUR VOUS. » Ma patronne, assise en face de moi au bureau que nous partageons, me tend le combiné du téléphone. Personne, amis ou famille, ne m'appelle jamais au travail. Ma sœur, la voix altérée, me dit que notre père est à l'hôpital, que c'est grave, que je dois venir. J'entends qu'il est en réanimation, alors qu'elle m'a dit « cardio ». Ma patronne pourtant peu facile ne fait aucune difficulté à me laisser partir. Depuis Neuilly où je travaille, j'ai à peu près trois quarts d'heure de métro pour aller chercher quelques affaires dans ma chambre de bonne du XVIIIe. Je crois avoir un train à peu près en milieu d'après-midi, de chez moi à la gare de Lyon c'est interminable, mais le prochain train part bientôt, il y a toujours de la place en milieu d'après-midi. Quatre heures de train, en dehors des week-ends on voyage peu. En l'attendant, je lutte contre l'espèce de pétrification de ma tête et de tous mes membres. Je ne veux pas penser. Si, je pense à Montaigne « il n'y a point de chagrin qu'une heure de lecture n'ait dissipé » et j'achète au kiosque de la gare deux polars, évaluant à deux heures à peu près la lecture de chacun. Un roman policier, une bonne énigme bien tassée, bien corsée, bien touffue est la seule technique pour éviter ce flot de questions et cette peur animale et paralysante.

J'ai oublié les titres et oublié le temps. J'avale le premier livre comme une dose vitale de médicaments, la perfusion fonctionne puisque, chaque fois que je suspends ma lecture, je mets une seconde à savoir pourquoi je suis dans ce train, ne sais plus comment j'y suis arrivée, puis me souviens, ma sœur au téléphone, le métro, mes six étages grimpés et descendus en courant, mon sac fait en trois secondes, gestes mécaniques dictés par l'urgence, efficaces, comme si j'y avais été préparée.

En moi, cahotant avec le train, une voix dit que tout ira bien, une autre que tout ira mal, pour ne pas les entendre je m'accroche à mon polar comme le fumeur d'opium au grésillement de sa boulette.

À la gare, par miracle, je trouve un taxi, auquel je demande de m'emmener en réanimation, au seul hôpital de cette petite ville. Le chauffeur roule vite, sans un mot, me dit un au revoir plein d'empathie. Devant moi une petite porte, une sonnette, des pas aussitôt et une infirmière qui s'encadre dans la porte en me demandant ce que je veux. Quand je lui réponds « voir Monsieur G. » elle me demande si je suis de la famille, je réponds que je suis sa fille et j'entends « tant mieux, on cherchait quelqu'un, parce qu'il est mort ».

J'ai à la main le deuxième polar que je n'ai pas terminé, ne sais plus si je suis dans le livre ou dans la réalité. Le roman continue. Moi « je peux le voir ? » l'infirmière « très vite parce qu'il est au frigo. On allait l'emmener à la morgue ». Elle attaque un couloir, je la suis. Elle ouvre un clapet, tire un long tiroir à glissière en ce que je pense être de l'acier inoxydable et mon père apparaît, le corps de mon père. Je pense « il a froid » mais lui dis « ma mère et ma sœur ne sont pas là ? Il a dit quelque chose avant de mourir ? » Sourire condescendant, haussement très perceptible des épaules, air de celle qui sait : « ils demandent tous ça ». Elle a raison, c'est ce qu'on dit aussi dans les polars. « Sa famille est partie pour un petit moment, elles ont dit qu'elles allaient revenir, mais on ne peut pas les joindre. » C'est vrai, mes parents n'ont pas le téléphone. Elle ajoute « on l'emmène à la morgue ». Moi « non ». Elle « si ». Moi « non, je l'emmène avec moi ». Elle « je n'ai pas le droit, vous non plus ». Moi « je le prends ». Le droit, le corps, les deux et j'ajoute « je vais appeler quelqu'un qui vous donnera l'ordre » en pensant à mon ancien patron, un mandarin de médecine vieille France dont je suis sûre qu'il enfreindra la loi pour moi. Elle résiste un peu, je n'appelle personne, je lui fais peur je crois.

Je ne sais pas si elle craint le scandale, une crise de nerfs, mes relations mais je me retrouve en deux temps trois mouvements avec une civière dans les mains, le cadavre de mon père sur la civière, et la consigne de quitter les lieux fissa, sachant que tout ça n'est pas légal, qu'elle dira qu'il n'était pas mort quand elle l'a mis sur le brancard, donc qu'elle ne lui met pas de mentonnière et que son menton va ballotter mais tant pis. Je pose la main sur l'avant-bras nu de mon père, sa peau n'est pas froide, peut-être m'entend-il encore, peut-être se marre-t-il de l'enlèvement, un peu fier de l'initiative de sa fille. Je sais, je sens sans que nous en ayons jamais parlé que ma mère tient dur comme fer à ce que le corps de son mari repose dans sa maison et pas dans l'univers d'acier inoxydable dont le tiroir m'a donné un aperçu.

Alors lui et moi nous partons, sans but. Je prends le premier couloir puis le second, qui descend en pente douce, indiquant la direction d'un sous-sol. Je pense à Orphée, à Ariane, j'imagine une nuit d'errance, il n'y a pas âme qui vive, j'enfile les uns après les autres des couloirs de plus en plus étroits qui me semblent descendre de plus en plus profond. J'ai l'impression que mes pieds ne touchent pas le sol qui amortit les bruits de mes talons, je porte mes sandales bleu marine, assorties à mon jean, celles que j'avais quand j'ai vu mon père ce dimanche dans notre autre vie.

Je n'ai aucune idée de ce que je vais faire, je crois passer plusieurs fois au même endroit. Donc nous ne descendons pas. Je mets dans mes yeux, quand je regarde mon père, tout l'amour possible pour le rassurer, pour qu'il se sente entre de bonnes mains. Peut-être sommes-nous sous le parking. J'ai, aussi, un peu envie de rire, tant la situation est inattendue. Ce n'est plus un roman c'est un film. Il y aura une fin, mais quand ?

Mon père était là

Au détour d'un couloir, je tombe sur un embranchement, j'ai le choix entre trois directions. Au bas du mur un rebond fait une sorte de banc, sur lequel je m'assieds, et je replonge dans mon polar, une main sur la barre du brancard, l'autre sous le polar. Je lis. Combien de temps ? Quand tout à coup un cri « mais c'est Monsieur G., c'est pas possible ». La jeune voisine de mes parents, infirmière dans cet hôpital, surgit bonne fée en blouse blanche et en deux mots comprend la situation, qu'elle prend en mains sans me demander mon avis. En quelques minutes elle dégotte un ambulancier compréhensif qui me dit de ne pas m'inquiéter, qu'on dira qu'il est mort pendant le transport si les flics nous arrêtent. Avant de poser la question épineuse de ma sœur et ma mère qui ne savent rien de la mort de mon père, comme au théâtre elles surgissent elles aussi d'un couloir, l'ambulancier fait écran de son corps pour que celui de mon père ne leur saute pas aux yeux. Les soignants remettent la scène au calme et en ordre, l'ambulancier et la voisine infirmière véhiculent le brancard dans l'ambulance et nous partons lui, l'ambulancier et moi, pour un voyage sous le manteau, tandis qu'en me retournant vers mon père je vois sa tête ballotter en suivant les cahots et que l'image de la mort me saute aux yeux. Je ne pourrai jamais lui raconter, nous n'avons pas partagé tout ce qui vient de se passer. Nous ne vivrons plus jamais rien ensemble. J'ai mal pour sa dignité, je voudrais que sa tête arrête d'aller d'un côté à l'autre.

Quand nous arrivons chez mes parents, ma mère et ma sœur qui ont pris de l'avance ont tout préparé pour accueillir le corps. Commence alors une scène, une sorte de ballet, réglé comme s'il avait été répété. Elles ont ouvert le canapé-lit, l'ont recouvert d'un drap. L'ambulancier et moi portons mon père – léger, si léger – que nous allongeons sur le canapé. Ma mère a préparé son plus beau costume, une chemise, peut-être une cravate, je ne sais plus. J'ai peur de flancher, je ne sais pas si je vais pouvoir l'habiller. L'ambulancier me souffle qu'il va m'aider. Ma mère se détourne, ma sœur se rapproche d'elle, prête à la soutenir. Silence, pas une larme n'est versée.

Il y a quelque chose du rêve dans ces mouvements accomplis, quelque chose du jeu, quelque chose d'un savoir-faire que j'ignorais avoir. Mon père entre mes mains comme une poupée à taille humaine. Comment le respecter et à la fois forcer un peu ses bras, ses jambes, à rentrer dans les vêtements. Ce n'est pas mon rôle mais qui pourrait le faire avec la tendresse qui me submerge, toutes les larmes qui stagnent en moi, baignent mes os, mes tendons, mes tissus, fluidifient mes gestes me dictant comment habiller un mort.

La voisine de mes parents, mère de la jeune infirmière qui m'a sortie du pétrin une heure auparavant, arrive et d'un coup d'œil évalue la situation. Elle est aide-soignante à l'hôpital, sait toucher un corps. J'ai confiance en elle, je sais que mes parents aussi. Mon père est entre des mains amies et je me laisse pousser loin du canapé, l'ambulancier annonce qu'il peut s'en aller. Je n'ai pas la présence d'esprit de lui demander son nom, ni de le relever sur sa facture à venir. L'a-t-il même envoyée ? Je n'en ai pas entendu parler. Sa présence et son aide précieuse sont à jamais gravées dans ma mémoire et peut-être le hasard voudra qu'il lise un jour ces lignes et mon merci ému et reconnaissant.

La voisine finit d'habiller mon père, je vais chercher sa brosse à cheveux pour tenter d'aplatir les quelques-uns qui se redressent comme un dernier signe de vie, comme s'ils allaient s'envoler. Je me surprends à sourire, à caresser sa joue, troublée qu'il soit à ma merci. On fait ce qu'on veut d'un corps, vide, impuissant et pourtant je ne peux m'empêcher de lui parler, tout en sachant qu'il ne m'entend pas. Corps à corps. Ce corps que j'ai connu si chaud, si accueillant, protecteur, voilà qu'il se remet à moi, sans l'avoir décidé.

Ma mère peut revenir, ma sœur aussi. Pas une larme, nous n'y croyons pas. J'avais déjà connu, seule, la sidération qui suit un choc, son effet protecteur. Ce soir nous sommes trois statues au chevet d'un mort. Et tout à coup nous avons faim. « Il ne faut pas le laisser trop longtemps » dit ma mère. Nous mangeons vite, des petits pois même pas cuisinés, mais plutôt gaiement, en évoquant les bons souvenirs, les jours où on a tant ri, celui où mon père s'est lâché, au repas de communion solennelle de ma sœur, et où il a chanté avec mes oncles une chanson de Line Renaud « Combien pour ce chien, dans la vitrine ? ». Ma mère était choquée, on ne chante pas ce genre de chanson un jour de communion solennelle. Mais si, les hommes étaient un peu pompettes et c'est un beau souvenir. Il y en a d'autres. Nous nous rassurons à coup de bonnes journées, de bons moments, histoire de rassurer aussi le mort. Croire pour lui faire croire qu'il a vécu, bien vécu, alors qu'en chacune de nous la révolte bout. 65 ans, trois ans de retraite, cinquante-cinq de labeur. C'est cher payé une vie, trop cher. J'aurais tant voulu qu'il continue à faire ce qu'il avait envie de faire, que mes parents partent se balader au gré de leur fantaisie, continuent à nous dire « ah non, ne venez pas ce week-end », ou « si vous venez à telle heure, ou tel jour, vous risquez de ne pas nous trouver ».

Ma mère alterne entre absence et présence, semblant parfois ne pas habiter son corps. Elle refuse d'aller se coucher, puis accepte, rompue, en nous faisant promettre de passer la nuit à veiller notre père. On n'abandonne pas un mort, on arrête les pendules, le temps est suspendu et le silence s'installe. Nous sommes trop fatiguées pour être tristes. Quand je dis bonsoir à ma mère dans son lit, elle me dit « tu n'as perdu que ton père, c'est normal de perdre son père. Moi j'ai perdu mon compagnon ». Ses mots sont pleins de toutes ces années côte à côte, inutile d'en dire plus. C'est le jour où elle a perdu son compagnon que j'ai commencé à appeler ma mère « ma petite mère ». Je mesure le gouffre ouvert à ses pieds, le courage qu'il lui faudra pour ne pas s'y laisser glisser. Elle s'endort. À nouveau je suis étonnée des réflexes du corps humain, de la protection qu'il développe dans cette adversité qu'est la perte subite de « son compagnon » auquel elle n'a pas pu dire adieu.

Ma sœur et moi veillons, notre père sage comme une image ne fait pas un pli dans son lit. On rigole parce qu'il ne ronfle pas, c'est donc qu'il est bien mort.

Le lendemain ballet des croque-morts (peut-être déjà sont-ils venus la veille, dès que le corps a été couché, j'ai oublié), certificat de décès, pompes funèbres, discussions autour du choix du cercueil (un employé pas très au fait de la vie ouvrière nous propose un cercueil garni de plumetis ; nouveau fou-rire au milieu des bières de tous acabits), curé, famille, voisins, amis. Mon père ne bronche toujours pas, pourtant il ne doit pas en revenir de ce monde qui s'agite pour lui.

Sa belle-sœur ma tante-marraine qui avait acheté son permis de conduire arrive, sincèrement chagrine, avec sa fille ex-peste qui a bien changé, elle aussi très chagrine. Je découvre combien elles aiment mon père. Si seulement il pouvait les entendre.

Sa sœur Marie trop fatiguée pour venir a oublié combien d'allers-retours sur son vélo il a fait de chez lui à chez elle pour l'aider à mener sa ferme, sans jamais se dire fatigué. Je n'appréciais pas jusque-là ma tante, aujourd'hui je l'efface de ma sphère affective. Si plus tard je suis allée à ses obsèques c'est par égard pour ses enfants, mes cousins.

Ma tante-marraine qui l'aimait tout à coup n'est plus là. Après une longue absence nous la voyons revenir, avec dans les bras un énorme, superbe bouquet de fleurs des champs, multicolores, modestes, radieuses, dont elle a réuni les tiges par une ficelle. Elle le pose sur le lit de mon père en disant « voilà, j'ai voulu lui faire un bouquet qui lui ressemble ».

Le lendemain, lorsque son cercueil, descendu dans la tombe, nous dira que tout est fini, lorsque cœur et tripes tordus nous nous raidirons au bord du trou en entendant ma mère murmurer « mais ça va donc bien vite », elle jettera son bouquet sur le bois comme si elle lui lançait dans les bras, et nous avons bien cru qu'il allait l'attraper.

Puis la terre a commencé à tomber.

Mes remerciements vont à

*Anne-Catherine O. et Odile P.,
qui m'ont relue et encouragée*